Le Jasmin

茉莉

俞瑶 著

天津出版传媒集团
百花文艺出版社

图书在版编目（CIP）数据

茉莉 / 俞瑶著 . — 天津 : 百花文艺出版社，2021.11
ISBN 978-7-5306-8152-7

Ⅰ . ①茉… Ⅱ . ①俞… Ⅲ . ①长篇小说—中国—当代 Ⅳ . ① I247.5

中国版本图书馆 CIP 数据核字 (2021) 第 196541 号

茉莉
MOLI
俞瑶　著

出 版 人：薛印胜
责任编辑：徐丽梅
封面设计：三公主　　版式设计：胡彤亮
出版发行：百花文艺出版社
地址：天津市和平区西康路 35 号　　邮编：300051
电话传真：+86-22-23332651（发行部）
+86-22-23332656（总编室）
+86-22-23332478（邮购部）
网址：http://www.baihuawenyi.com
印刷：北京米乐印刷有限公司
开本：880 × 1230 毫米　1/32
字数：148 千字
印张：7.75
版次：2021 年 11 月第 1 版
印次：2021 年 11 月第 1 次印刷
定价：48.00 元

如有印装质量问题，请与河北盛世彩捷印刷有限公司联系调换
地址：河北省衡水市故城县高新技术产业开发区金宝大道东侧
电话：（0318）6658666 邮编：253800

目 录 | Contents

第一章 | Chapter 01

诗人，拿起你的琴；

年少青春的醇酒，

在上帝的血管中今夜里开始发酵。

我的胸无法安宁；

快感压得它难受，

这燥热的风，吹得我双唇发焦。

——《五月之夜》阿尔弗莱·德·缪塞

1. 荷尔蒙

突然间，这个著名的法国城市拥来了成千上万个年轻人。他们乘着远东的飞机在清晨或暮色中抵达。因为年轻，长途飞行没有造成困扰，远道而来的他们来这里读大学的最后一年或是研究生的第一年。他们神采奕奕地向海关递出护照，上面写着的是那个东方正在崛起的国度响亮的名字。

这些学生年龄相仿，那么稚嫩，那么一致，陆续到来，无所顾忌地聚在一起，建立关系，成群结队地出现在教室里、咖啡厅里、法国超市里、广场上、奢侈品商店里。巴黎人早已习惯，却仍然掩饰不了讶异的表情。这些东方面孔的年轻人精心打扮，挎着真伪难辨的名牌包包，谈笑风生，故作镇定，互相试探着底细。不管是北方口音还是南方口音，他们此时此刻都被同一种选择聚集在这里，被同一种氛围牵连。很多人还是第一次乘着国际航班越过亚欧大陆，抵达大西洋沿岸的这个梦想的国度。每个人都尽量显出一副老练的模样，不肯让人知道这是第一次离开国土。他们暂且离开了正在崛起的祖国，带着梦想的光环光鲜地来到异国他乡。暂时的离开，意味着终有一天会回去，谁都清楚这不是永久的到达，谁都清楚这是终将结束的生活，一年之后，巴黎的魅惑和美丽都不过是一个梦。

为了抓住这个转瞬即逝的梦，没有多久，这群年轻人就用社交网络来发泄自己的喜悦和狂喜。脸书上，朋友圈中，他们看起来是那么忙碌、那么快活，周游列国，参加派对。当然也不是所有人都积极参加法国人的聚会，中国的学生们极其腼腆，对酒精与交际踌躇不前。法国人不喜欢不喝酒的中国人，而中国学生对坐在大街上的露天酒馆喝酒感到陌生，也不清楚浪费一个夜晚端着酒杯聊天的意义何在，对派对中的酒精更是感到不适。但是他们喜欢偷偷躲起来喝，仿佛这是一件因为释放而显得罪恶的事。法国人就不一样，他们以自己国家的酒为傲，觉得全世界都应该为之迷醉。他们在吃饭时喝，在露天酒馆喝，还在派对上大喝特喝，西装革履时喝，赤身裸体时也喝。如果说有什么能让这群西方人放下自我，变得一致，变得友善，那就是酒。

不久，商学院就组织了第一场派对，在即将到来的9月第二个星期六，晚上10点，在巴黎市郊的路易夜总会。这种派对，在这个著名的城市里每天都会诞生很多场。初出国门的国际留学生们都感到新鲜，中国的孩子们心中却依然带着丝丝罪恶感，因为这种派对带着酒精和性的气息。一时间，要面对的事太多，每个人都感到晕头转向。

祁悠安的短发凌乱，洗旧的李维斯牛仔外套沾有颜料，她作为一个艺术院校背景的学生跑来这里念商学院，身上带着一种随性又不知天高地厚的气质。到达的第三天，她就被带到了一个中国人的聚会中，聚会在13区的一个公寓中举行。巴黎并不是全然美丽的，例如这一个地方。从脏兮兮的地铁走出来，便能看见各式各样的中国餐馆，带着二十世纪八九十年代过气的装潢风格。她不禁问自己："这是巴黎吗？"没来得及多想，新朋友的热情便打断了她的思考。他们在地铁口等她，手上都捧着酒。她不知道他们是怎样的人，名字都还没有完全认清，只是在学校的走廊彼此打过照面。然而这群留学生对半生不熟的新朋友都有异乎寻常的热情，也有着在最短时间获得同伴信任的能力。她把不安暂时置于脑后，把笑容放在脸上，以同样的热情回应了他们。

屋子里飘满了中国北方菜浓重的气味，辣椒、花椒、八角、香叶等各种气味融合在一起，又夹杂着各式各样法国香水的气息，有种难以言喻的气氛。这所公寓很宽敞，新古典式风格，一切极其简洁，木质地板，走道上放着一些没有打开的行李箱，客厅外面还带着一个引人注目的大露台。主人是来自中国南方的两个家境富裕的女孩，打扮入时，画着复古风格的眉毛和大红唇，大家都叫她们"师姐"。她们把所有人聚集在这里，接过他们带来聚会的酒，对每一张因陌生而羞涩的面孔一见如故，让人受宠若惊。酒的香气飘散各处，来自全国各地的年轻人竟然可以一下子如此融洽，这一点也让人感到惊讶。

祁悠安的外表中性，留着短发，像个假小子。她走进来的时候，女孩们莫名其妙地对她有好感。她们围在一起说话，叽叽喳喳，像一群红粉色的鹦鹉。这个凉爽的阴天，秋风习习，所有人都跑到露台上喝起酒来。薛天佑才22岁，祁悠安在机场遇见过他。他坐着法航的公务舱来。她走出露台时他给她递了一根烟，对彼此的初识表示礼貌，像哥们儿一般。

“艺术家，你一定抽烟吧？”他笑。

可是她摇摇头，表示感谢。那是一根大卫杜夫的烟卷儿，情怀大于香烟本身。这个男孩不多说什么，自己点燃了香烟。风带来烟丝焚烧的气息，让人有了热带海岛的想象。

祁悠安暗暗端详着他，觉得他身上的男性气质与众不同：单眼皮显得很性感，双眸是那么乌黑，那么饱满，像是很久没有被女性诱惑过，精气都饱含在身体中。他不抽烟的样子看起来有点稚气，表情敏感，很干净，也很好看，头发理得一丝不苟，衣着是天然的面料，款式简约，搭配上能看出某种个人风格。他似乎不太适应这种略显吵闹的聚会。

大门再次打开了，在房间里喝酒的所有人都回头看。走进一个高挑的女孩，美貌让所有人瞩目。亚麻色的长发慵懒地垂到腰际，深栗子色的连衣裙，简单的打扮却让在座的所有女孩子黯然失色，让所有男孩子瞬间心跳加速，仿佛一个从森林中走出来的女神一般。

有人用中文跟她打招呼。她一脸茫然地看着吵闹的众人，眼睛是那么好看，长睫毛一闪一闪，妆容精致得像是某个港台明星，左嘴角上有一颗天然的美人痣，像玛丽莲·梦露。

“我是泰国人。”美丽的女孩用英文说。

她是“师姐”今天邀请过来的唯一一个外国人，一个有着中国血统的泰国人。名叫茉莉，所有人都记住了她。女孩们无法移开又羡慕又妒忌的目光，男孩们无法掩饰倾慕之情，大家都想过来进一步了解这位异域美人。然而她低调地打过招呼，离开了众人的目光，独自走到了露台上。

“请问，给我一支烟，可以吗?”

祁悠安和薛天佑同时回过头，看见这位美人站在身后不到一米的地方。

“啊，当然可以。”

“谢谢，顺便说，我叫茉莉。”她简短地介绍了自己。

“刚刚有听到师姐介绍你。”

薛天佑给她点烟的时候，双手有点发抖。悠安敏感地察觉到他乌黑的双眼闪过了一丝微妙的神色。悠安把它解读为：因美人的主动搭讪，心中有狂喜。

“你不抽烟?”她对悠安说，站在了她身边，背靠在栏杆上。两个女孩身高相仿，风格迥异。

“谢谢，我不抽的。你看起来也不像会抽烟的样子。”悠安笑道。

“哈，这能看出来吗?”茉莉笑。

“嗯，在中国，乖巧的女孩子一般不抽烟。抽烟的都长得像悠安这样。但人不可貌相，我刚刚给她递过烟，被拒绝了。”薛天佑开了个玩笑。

“头一次听说这个。那么说，在中国，抽烟的女孩子不是好女孩?”茉莉问。

“不一定，只是男孩们的控制欲在作怪。”悠安说。茉莉给了她一个“你懂的”表情。她笑起来脸颊有两个小小的酒窝，脸上有几点雀斑极其迷人。悠安忍不住喜欢上了这个随和的泰国女孩。

“你们要喝点什么吗？我去拿。”天佑说。

“这种天气，想喝薄荷味道的鸡尾酒呢。可是不会调。”茉莉随意说了一句。

“稍等一下就好了。”天佑说。

不一会儿，他从露台的花圃上撕下几片薄荷叶，返回了屋里，取出哈瓦那朗姆酒和青柠檬，娴熟地调起莫吉托来。

“哇，你还会调酒。好棒哟!”台湾女孩子嗲嗲地欢呼。当几杯晶莹剔透的酒调好了，所有的女孩都跑过来围观。而调酒师薛天佑只是默默地给自己调了一小杯伏特加白马天尼，默默地微笑，看着这群女孩争夺着他调出来的酒。祁悠安站在一旁观察着他。这个好看的男孩又高又瘦，皮肤不算白，是小麦的颜色，气质温文尔雅。

他一定有个好家庭，她心里想。好家庭的男生看起来都健康温柔，举止有度。不但如此，他还很聪明，用超出年龄的审美意识来修饰他的稚气，又不显得做作。那个时候她并不了解男性，只觉得那个男生的瞳孔出奇的乌黑，让人印象深刻。

天空在酝酿着一场雨，在这个片刻，雨点忽然落下，露台的人们都返回屋里。女主人打开了乳白和海军蓝相间的遮雨棚。新古典式的围栏已经因很多场这样的雨变得有点泛灰了。祁悠安在沙发上坐下，旁边是一位衣着时尚的男孩，名叫白一珩，范思哲的外套和卡地亚的手表成了他今天抢眼的标记，这种品牌是如此直接地表达了一个人的喜好，跟这个瞬息万变的时代异常吻合。跟他一起的是一个小脸女孩，是个小有名气的网红，像所有舞蹈房大镜子前的女演员一样，盘着紧紧的小发髻。他用手轻轻挽着她的肩，做出绅士的模样，事实上他们认识还不到一个星期，在场的人都以为他们是在一起很久的恋人。悠安看到他的双眼，他又迅速避开，她立刻感到这是一个心里藏有不少秘密的人，这种秘密包括某种欲望和厌世感。陌生人的眼睛让人极其讶异，让人轻易洞察了许多秘密。这群来自天南地北的年轻人拿着酒杯，以看这场雨和这个新奇的城市为由认识了大家。

女主人过来了，悠安这时才知道她叫尹俪卿，地道的上海人，来法国三年了，她手里捧着五颜六色的指甲油和各式香水小样：香奈儿、蒂普提克、路敦士、迪奥、兰蔻……她长着一张深情的脸，一双眼睛敏感又富有洞察力，说话八面玲珑又和善，嘴唇丰满，富于表演，带着一丝情欲的味道。女孩们一下子炸开了窝，被她收买过去了，坐在沙发上研究着各自的指甲、讨论着对香水的见解，她们并不是真的如此天真，只是出于一种表演，一种女性的本能——求偶，动物本性，暗暗地吸引在场的男孩们注意。三两个男孩跟薛天佑在一起，开始研究各种酒。

就在这个露台上，初识的年轻人度过了一个下午的时光。并没有人能窥探到一个个怎样的故事即将在这里展开。这个聚会是怎样结束的，大概也没有人记得了。他们大约9个人，最后在杯盘狼藉的房间里留下了一张拍立得的合照。让人不安的荷尔蒙一下子渲染了这幅合照的格调。那个时候，所有人的脸还是生涩拘谨的，并没有人能预见即将发生的故事。照片中，祁悠安被推到了中间，女孩站在了她的左侧，男孩在右侧。她说着粤语口音的普通话，像男生，性格爽朗，大家都记得了她的名字。

9月的派对，“女孩之夜”，陆盈盈一定会去，她在13区公寓的聚会上就已经宣布过。第一天，在新生入学的时候，她踊跃地煽动中国学生一起去。中国学生对这种派对是很排斥的。可是她跟尹俪卿不一样，不懂得用名牌指甲油收买人心，只会出卖自己的和男友的情感隐私来获取关注。傻姑娘，没有人愿意听你喋喋不休地说你的男友的，他又不是哪个大明星。法国人举行的派对，她蠢蠢欲动，可是没有伙伴，极其苦恼。她看到了祁悠安在登记，像是看到了救星。

“嘿，悠安，我就知道你会去！”

“哈，你怎么知道我会去？”

“唔……因为你很特别啊！”

几天之后，所有的年轻人坐上了去往派对的车。一辆辆被粉刷成玫瑰色的汽车上，路易夜总会的名字赫然在目。那一个夜晚，空气中弥漫着火焰的气味，这一个夜总会既说不上艳俗，也说不上优雅，但足够出乎意料，一群狂乱的年轻人聚在一起准备一场荷尔蒙的狂欢。他们预先喝了酒，好像这个夜晚的酒必定不够一样，让自己提前进入了晕眩迷醉的状态。女孩们裹着厚外衣，里面穿着性感的裙子，脚上穿着平底鞋，画着夸张的妆容；男孩们刮了胡子，穿着黑色的西装，做着优雅的动作。在这种派对中，不管你是怎样的人，都不会有人来帮助你，也不会有人来嘲笑你，除非你穿了一双13厘米的高跟鞋，在醉醺醺中扑倒在那沾满酒精湿滑冰冷的地板上。法国女孩傲慢的脸向着她们的前方，她们的夜晚，她们的连自己也不知道是什么的未来。

陆盈盈的目的是认识法国男人。祁悠安早就看出了，她的男友只是提供谈资的噱头，她一点儿也不爱他。陆盈盈的眼神中充满了渴望：白人为什么总是更漂亮一点？白人男性怎么那么性感？悠安的头发很短，穿着李维斯牛仔外套，画着黑色眼线和红唇，左边耳朵打着耳钉，看起来像个妖冶的东方男子。法国男孩路过她们身边时对她们尖叫，陆盈盈用手挡着嘴巴发出惊呼的声音，像个受惊的猎物。她已经按捺不住了，恨不得冲上去环抱着那些金棕色毛发的法国猎人。她的这种上不了台面的热情让悠安感到有点厌恶，可是又忍不住对她的天真烂漫感到好奇。

晚上9点，入场的先是女孩，进门时都要站在粉红色的影幕前拍照，为了纪念这一个即将到来的夜晚狂欢，女孩们像模特儿一样站在那里，年轻又傲慢地摆出诱人的姿态，等待被俘虏。闪光灯像摄魂怪一样把那一个时刻一口吞下，谁也不能否认，谁也别想逃脱——这个摄魂怪一直跟随着整个派对，专门对付喝醉的人，对付那些趁着昏暗和酒精偷情的人。第二天，这些丑陋的照片就会被曝光在社交媒体上，警醒着这些荷尔蒙极其旺盛的年轻身体不要太越轨。昏暗的地方总是容易让人兴奋，所有人都在这个雷电交加的地狱中感到放松，享受着放纵的快感。班上的两个棕色头发的纤瘦的法国女孩，朱莉和范妮，招呼她们俩过去一起跳舞，然后几个女孩就拿着酒在蠢朋克乐队的音乐中摇摇晃晃。悠安并没有感到很快乐，她心中的好奇大于快感；然而在这个没有宗教的地方，一群冷傲的欧洲人突然间像动物那样欢快地跳跃号叫，这种平易近人虽然短暂——只是一个夜晚，但也毕竟卸下了平日的伪装和傲慢。

午夜12点，在所有女孩都醉醺醺的时候，在外面等待已久的男孩们被放了进来。他们进来跳舞。体育俱乐部小伙子穿着黑色的西装，装模作样地走上舞台，做着优雅的动作；随着音乐节拍，他们把身上的衣服一件一件脱下，他们越是这样，女孩们就越沦陷、越失控。这群法国小伙子露出身上出色的肌肉，一跃而上最明亮的舞台，为尖叫的、疯狂的女孩们跳舞。他们看起来经验丰富，处变不惊，上台前一定预先喝了酒，只有这样的预备才能支持此刻的热血沸腾。是的，沸腾的当然不只他们，台下所有的女孩都伸着手，想去抓他们，想去吞吃他们。啊，白人男性的身体，混血儿的身体，被汗水浸透，闪着原始而野性的光泽，年轻又健壮。这一刻，所有人都在不由自主地神魂颠倒。

那个晚上，悠安认识了查尔斯，他们一起喝酒、跳舞，他低头亲了她，他看起来那么自信，那么挺拔，散发着荷尔蒙的气息。法国女孩都喜欢跟他说话，他是戏剧社的男一号，有着希腊男神雕像那样的轮廓和欧洲纨绔子弟喜欢留着的鬈发。但他借口离开了他的法国朋友，一个晚上都腻着祁悠安。凌晨4点，他送这两个中国女孩回家，悠安不明白为什么他要这样做，她相信他清楚今晚的他们不会睡在一起。

告别时，她对他说："来吧，Fais-moi un bisou。[①]"

他脸红了，深情地看着她，指着自己的嘴说："我觉得bisou是指亲亲嘴。"

悠安打了他一下："不！我的法语不好。再见！晚安！"

---

① 法国贴面礼：来个（在面颊上的）吻。

“还有，叫我查尔，没有斯！[1]”他在背后喊着。悠安已经毫不留情地走进了楼梯关上了门。

“他还不错嘛，好像看上你了。”陆盈盈今晚要在悠安家借宿一宿，她转身说，“我听说，老外喜欢那些很特别的东方女孩子。不是传统那种，是你这种类型。”

---

① Charles，末尾的 s 在法语中不发音。

2. 维纳斯

那个晚上，查尔斯留下了祁悠安的电话。

他请她吃饭，说："你很迷人，比所有亚洲女孩都迷人，她们总是千篇一律，而你极具特色。"他说这句话的时候，矢车菊一样的蓝眼睛深情地凝视着她，他的鼻息快要碰到她的耳根了，仿佛在供奉着一个女神。这个女神剪着齐耳短发，看起来独立又自由，仿佛有个雌雄同体的灵魂。

"中国男生不喜欢我这种类型的。他们只喜欢画报上那种看起来什么都不懂的女孩。最好长发飘飘，眼神如婴孩般无辜，声音如夜莺般甜美。"祁悠安摊摊手。

"太奇怪了，一点儿也不懂得美的多样性。"他说。

他比她还小两岁，射手座，来自法国南部，在商学院里上大学。他有意大利姓氏，却有着日耳曼人的血统，蓬松的头发是棕金色的，眼睛碧蓝得像晴日里尼斯的海，身材如同其他体育俱乐部的男孩一样高挑健壮。他说自己是法国人，可是跟其他人都不一样，他那么温柔，那么友善，友善得不像这个以骄傲著称的国度的一员。

他们还不是情侣，也未必有变成情侣的可能性。在电影院里，他们看了一部恐怖片，他的修长的手挽着悠安的肩，时不时低声在悠安耳边用法语说些无关紧要却必要的话，健壮的胸膛好像随时准备着供女孩尖叫时抚摸。他不害怕，因为悠安没有中国女生手上那些锋利的花式假指甲。悠安的手很干净，连指甲油都没有涂，指尖有些伤痕，被他发现了。

“怎么来的?”

“爬山、弹吉他、做模型，做一切危险的事。”

“什么样的模型?”

“建筑和雕塑。”

“啊，你的双手本身就是艺术品。”他夸张地说。

他曾经在铁塔下的咖啡馆拿起这双手，像盯着一件艺术品那样端详了半天。悠安极其惊异，他身上有种奇妙的戏剧性，这种戏剧性因为文化差异变得真实可靠，感人至深，让人几乎爱上了他。他也许觉得她与他一样，在为年轻的荷尔蒙寻找可能性，然而因为她的克制，他不敢志在必得。他蹩脚的英语和她蹩脚的法语造就了彼此之间奇异的沟通——带着欺骗和夸张成分的描述和试探。这些法国人，从来不肯认真学点外语，以为所有人都应该说他们的语言!

陆盈盈比祁悠安还要好奇。那天的派对以后，她失望而归，她渴望有一个异国男人能以火热的爱把她从一段垂死挣扎的异国恋中揪出来。悠安见过她的男友的照片，一个长相沉闷的男人，年纪轻轻就疲惫不堪的模样，很快就会飞过来看她，来弥补对她的照顾，来给她买单，或是来核实这段垂危的关系能否继续存活。人们总是抱有不切实际的希望，觉得一段没有爱的关系能以别的形式存活下来，只因他们心里害怕孤身一人，甚至为了避免孤独而接受一段无爱的关系。她打听着这个约悠安看电影和吃饭的法国男人，仿佛那是她们在派对上共同捕获并应共同分享的囊中物。

查尔斯没有告诉祁悠安关于他的前任女友，是她自己发现的。一个微胖的黑人女性，有着硕大的胸脯和臀部，让人大惊失色的像鸟巢一样的发型，还有充满性欲味道和彰显繁殖力的嘴唇。这一个法国男人戏剧性的爱情观直截了当地体现在他的择偶行为中自己却不自知，上一秒，他爱上过一个来自尼罗河流域以前被法国殖民过的原野上的女性，这一刻，他对着一个来自珠江流域身材高瘦扁平、留着短发的东方女性说着迷恋的话语，祁悠安不知道男性的审美原来可以有那么大的跨越。

“查尔斯，我不懂你口中说的美究竟是什么，但我敢肯定你没有爱上我。”

“我喜欢你，真心的。为什么不相信我？”

“你只是在猎奇，像原野上的雄狮，以追捕猎物为荣。”她看着他一脸无辜的表情，越想越生气。

“无论你相不相信，我都会等你的。Tu fais ce que tu veux.[①]别给自己设限。”他说。也许他对所有的外国女生都是这样说的。

“你要爱遍世界上不同类型不同国籍的女人吗？”

“我毫无野心，只心甘情愿被爱情俘虏。”他像个诗人一般。

那个夜晚以后，悠安知道了红唇的威力，它能让一个女孩突然变得性感奔放。聚会上见过的那个长发及腰的泰国美人茉莉，每一天上课都涂着精致的红唇，坚持不懈地穿高跟鞋，仿佛高跟鞋是她光滑纤细的双脚温顺的奴隶，从来不会让她感到疼痛。她每天都精神饱满，仿佛从来不会失眠。她是班上最美丽、最优雅的女生，确切地说，是女人，一个刚刚长好的单身女人。她不仅是西方人眼中漂亮的东方佳人，也是中国人眼中的女神。她比这一群留学生稍微年长一点点，身上的女人味是这些刚刚从大学走出来的小姑娘无法企及的。她的妆容那么精致，好像一个被保护极好的东方芭比娃娃。这些中国小姑娘，连化妆还不会，动作生硬，举止莽撞；而她妩媚地打一个哈欠都让所有人神魂颠倒。她是一个成熟又新鲜的果实，恰到好处，不需等待，立刻就能够品尝，果汁鲜美，绝对不会让人失望。而这些小姑娘，则是一群看起来大同小异的青涩的果实，带着平淡无奇的酸味，让人没有品尝的欲望。成就她的美感的是一些无法用肉眼探测到的东西，谁也不了解她魅力之中的秘密。这是一

① 中文意为：你做你想做的事。

个女人应该好好把握的最佳时机，在美的巅峰中，找到一个有实力的品尝者，把自己的美托付与之。人生处处充满危机，必须时时警惕，永远做最好的选择。

可是她不够幸运，来到这个浪漫国度留学，遇到的都是这些年轻人，大部分还是女生。法国为何如此吸引女性，女孩对这一个盛产奢侈品的国度趋之若鹜，导致男性资源极其贫乏，势必引起一场女性之间的激战。这个商学院的奢侈品牌管理班上，只有可怜巴巴的三四个男生，和十几个雄心勃勃争奇斗艳的女生。这些寂寞的女生每天提早一个小时起床，为了仔细化妆打扮去上学。

薛天佑就是这几个男生之一，也是最出色的一个。这一场战斗，他无须努力就能胜利，也许他并不敢胆大妄为地承认，他只需打个响指就能找到女朋友。他第一天上课的时候，就看清楚了这个花丛中种种有利于他的规则。他克制又讲究，戴着复古的玳瑁眼镜，穿灰色系成分纯正的毛衣，鞋子是从英国定制的，有几分伊夫圣洛伦年轻时的模样。他出奇地受女生欢迎，瘦得像模特儿一样的法国女生也前来一探究竟，不久以后的周末，她就以了解中国为由开着她的奔驰小轿车邀请他去喝咖啡。

这一次，他自信满满地来到茉莉跟前，再一次落落大方地介绍了自己。

“我们在派对上见过的，你还记得我吗？”他的眼神坚定而温柔，凝视着茉莉的脸。与那些被吓得乱了方寸的小女生不同，茉莉女神很冷静，保持了她优雅知性的笑，淡淡地回应了这位全民王子，这似乎更加激起了薛天佑的征服欲。

“你好美啊，大家都这么说。”他情不自禁地感叹，旁观者都听得出这话发自真心。

出于礼貌，他那天也跟祁悠安打了招呼，这一次，她看到了他乌黑的双眸中潜藏的野心。原来不是纯真让他的双眸明亮，而是野心，或许还有自私，极度自私的人身上总是有种令人炫目的锋芒。那锋芒震慑人，又仿佛透着脆弱和不安。

商学院的法国资深教授、奢侈品牌的高级管理顾问拉克拉尔告诉他的这群外国学生：“一己私欲，乃社会财富的强大动力也。”他老奸巨猾，风度翩翩，让人挑不出毛病。他对中国了如指掌，言语中暗示他在中国有许多位高权重的朋友，对着这个充满中国学生的班级玩着高级别的炫耀。他看起来平易近人，穿着定制的浪凡西装在食堂里跟学生吃着同样的午餐，披着博柏利的风衣跟学生们坐公交车地铁。然后不经意地透露，他住在瑞士的乡间别墅，不住在法国。好像左派的法国已经被外乡人占据，不足以配上他纯正的身份地位。说起巴黎，他说拉法叶百货的路易威登已经被中国人占领。

“非常有意思。”他说。带着右派老政客的口吻，吓得人毛骨悚然。

在这个讲授奢侈品的课堂上，中国学生数目的确多，法国人的课堂已经被中国人占据，仅有的几个法国学生可怜地挤在一起，成为老师特别关注的宠儿。无论中国女生怎么打扮，在外国人眼中仿佛都是千篇一律的：总是一大群地聚在一起，头发是不太黑的黑色，站姿普遍不够自信挺直，不化妆的学生的脸看起来似乎都是一模一样的。乖孩子的驯服模样似乎在这个追求个性的地方有点行不通。在国土之外，中国人对自己的同胞有强烈的依恋，又有莫名的排斥。一方面，大部分的中国学生如此依赖群居，无法独立生活，羞于特立独行地跟外国人交际，陌生的环境吓退了这些大学刚毕业就急着进修又对社会一无所知的年轻人；另一方面，由于过多的同胞蜂拥而至，留学生的独特性被粉碎，作为一个留学生的价值一落千丈——他们不得不承认，这个时代，原来每个人都是可以轻易被取代的。中国留学生形成了一个微妙的群体，大家蠢蠢欲动想要探寻法国人的生活，然而一个与外国人关系过分密切的人又会被视作异己排斥在外。

就算像薛天佑这么具备优势的男生也深陷这种矛盾中，他为了平衡这种焦虑，做所有事都不敢太过火，非常谨慎。高贵的拉克拉尔教授让班上的学生建立各自的小组，规则是每个小组必须要有两个国籍以上的学生。有中国台湾同学过来想跟薛天佑在这门课上合作。在中国学生眼中，他们与普通的中国人毫无区别，只不过永远不说翘舌音。中国台湾同学试探性地问教授，他们能不能跟中国大陆学生组成一个组。拉克拉尔是个实在的人，面无表情地说："在我眼中你们都是中国人，所以，你觉得可以吗？"一种胜利的喜悦忽而渗透了所有中国大陆学生的心。亲爱的，大家是一家人，别把彼此分开，好吗？

这一天，祁悠安坐在了薛天佑身旁，茉莉转过脸来，他们看了看彼此，心领神会。就这样，他们组成了一个三人的小组，小组中有两个国籍：中国与泰国。智商与颜值极高。来吧，来认识东方的脸孔吧。他们三个人共同在暖气密布的自习室里锲而不舍地一起度过了两个星期，夜以继日地讨论着最佳的方案，没有一个夜晚在凌晨之前睡过觉。最后，这三个年轻的远东来的留学生，以过人的才华征服了全班同学，包括那个眼神毒辣的教授。

演讲的最后，薛天佑说："在亚洲的历代王朝中，传统中自古已有奢侈品的存在，将来，这一个传统将会持续，并在文化碰撞和科技人文的创新中彰显活力，充满了未知的可能性和大的机遇，这是存在于人类骨子里的对极美之物追求的天然本能。"

热烈的掌声响起。

茉莉太体面了，会说非常流利的法语和英语。她的独特性不但吸引了祁悠安，吸引了薛天佑，还吸引了一群中国女生，这一大群对她一知半解的小姑娘非常崇拜她。大家都想走过去沾染她身上的那种超凡脱俗的气息，以她的中国血统为切入点跟她建立起关系。可是关于泰国，没有人比祁悠安懂得更多，她是个不完全却虔诚的信徒，自从父母离异后，她每一年都独自到那个旧时被称为暹罗的热带国度去旅行。说不清为什么，她隐隐感觉到自己跟那个国度有种莫名其妙的缘分。那些婀娜的佛，那些五光十色的夜市，那些金碧辉煌的宗教建筑，那个神奇的国度贫富悬殊、乱糟糟却又有着井井有条的和平与自由。

茉莉喜欢祁悠安，她说粤语，看起来高个子、性格酷酷的，打扮并不女气。泰国人对中国人本来就有着饱满的好感，他们在学校里学中文，学粤语，了解中国文化，推行落地签证；曼谷的书店里三分之一都是中文的书籍，在餐厅里说南粤地区的方言说不定服务员都能听懂。女生之间这种枯燥的友谊在异国中也是生活的一种不可或缺的点缀。这个陌生又孤独的地方，她们惺惺相惜。然而更多的时候祁悠安感觉到，她耀眼的美貌之下有一颗严重缺乏安全感的心，她更渴望一个真正的男友、一个爱她的人。为了一个男人，一个女人可以随时把这种枯燥的友谊放在一边，放在茶余饭后，放在九霄云外。

茉莉有了很多中国朋友，每个人走过来跟她说话，都小心翼翼，眼神充满着试探，好像她是个大明星。可是一个如此漂亮的女人为什么需要朋友呢？她需要的只是一个能协助她爱惜她的美的人，她需要另一朵不那么绚烂的花或绿叶来衬托。那个人可能是一个男人，也可能是一个忠心的仆人。要当心这些讨好的人，尤其是女孩们，每张笑脸下都有可能藏着心思。可是走在美貌巅峰的她没有发现这一点，她觉得所有人都真心诚意地爱她。

3. 幸运儿

在半岛酒店的楼顶，时不时见克勒贝尔大街上小心翼翼地驶过的豪华轿车，再小心也避免不了雾腾腾的路噪声和汇入香街时所撞见的那种乌烟瘴气的商业气息，尽管如此，这个昂贵的街区还算是温柔的，看不见那些移民街区的狂暴和杂乱。悠安学着茉莉那样在露天咖啡座慵懒地抽烟，像个法国女人一样。埃菲尔铁塔就在眼前。定制的瓷器发出动听的声音，衣着光鲜的客人各自窃窃私语，再也没有比这里的侍者更具亲和的人了。祁悠安再一次闻见这种烟的气味，白色的大卫杜夫，据说这种名字响亮的香烟产于多米尼加共和国。

这一个周五的傍晚，悠安在茉莉的一区公寓里洗了澡。公寓里古老的纯木地板有点儿松动，咿咿呀呀，踩在上面双脚有温暖的触感。客厅与房间之间有一个马蹄形的吧台，是由一个古老的步梯间改建的。透过公寓的窗子可以看到半截铁塔。学校在不远街区，茉莉每天都散着步上学，她总能穿着高跟鞋在欧洲崎岖的古老街道上走很长的路，让人钦佩不已。这位美丽的年轻女人住在巴黎最好的地段里，结束了下午的课，她希望悠安留下来陪陪她，夜晚再回去。祁悠安住在十五区，一个有两个房间的公寓里，向东的房间被她布置成了小画室。这种文艺情结源于对留学生活孤独的担忧，她希望画下以前在画中见到的巴黎，以驱散孤独，填充对这个城市生活的美好想象。看着眼前的美人，悠安叹了口气，放弃了这个下午回去画画的念头。此刻，她用毛巾擦着湿漉漉的短发，而茉莉在镜子面前细心地描画她的妆容，一丝不苟地给柔美的指甲涂上猩红色的指甲油。这个星期的课都结束了，下午4点半，她们计划着做点什么。

“叫上薛天佑，他会很愿意跟我们出去的。”祁悠安建议说，话一出口，她就有种奇怪的感觉，她说不出为什么会想起他，好像那是一个不由自主、自然而然的想法。然而心里却觉得这是这个下午唯一正确的念头，那个跟她们一起出去的人只能是薛天佑。

“为什么是他?”茉莉说，眨眨眼睛，眼神中有俏皮的试探。

“这次演讲我们都拿了A+，要去庆祝一下。我们是一个团队。”如果非得要一个理由，她只能这样说。

“哈，不只这样吧？我听中国女孩都说他长得好看。悠安，你不会也这样认为吧?”

“胡说啦，世界上哪有颜值比我高的男生。”悠安笑。

茉莉答应了。悠安为自己内心里的欢悦感到意外。周末来临前的时光，有薛天佑和茉莉陪着一起度过，没有比这更美好的事了。也许，人对美丽的事物都有着天然的依恋，对美丽的人也一样。

不一会儿，他们就各自跳上了出租车，三个人在夜幕降临前来到了半岛酒店的露台上，空腹喝着酒，他们心情格外好。他们喝了马天尼、莫吉托，又试了几种甜酒。夜幕要降临了，由于酒和下午茶甜点，他们对晚餐都没有什么欲望。薛天佑在两个女生面前有点拘谨，于是他又掏出一根烟，慢条斯理地吸着。这个男生没有烟瘾，却总是带着这一个牌子的烟，就像他明明不需要知道时间，却总是戴着一块宝珀表。悠安觉得很好笑，年纪轻轻戴着这么一块故作成熟的表。他开玩笑地自嘲那是他在茉莉的老家曼谷淘来的假货。可是谁也不相信他，他一点儿也不像会戴假货的人。他为两个女孩点燃了烟，鼓励她们成为抽烟的坏女孩。她们越是说出放纵的话，他就越开心，悠安暗暗知道，他似乎在试探，想看看她们的真面貌，他只差一点儿就成功了。他只跟祁悠安说话，他的眼神明显在逃避茉莉的目光，好像他觉得有趣的事只适合跟这个外表酷酷的女生说。她却感到他一点儿也不把她当女生，他们像哥们儿一样说话，时而把美丽的泰国朋友晾在一边。他越是这样子，茉莉越是感到焦灼。这一种焦灼，激起了她想要了解他的愿望，了解这个对她态度忽冷忽热的中国男生，祁悠安都看在眼里。

茉莉的香水有种热带草本植物的芬芳，在这个优雅的顶楼，在巴黎冰凉的空气中飘荡着，很柔和，却让人时不时感到惊讶，大卫杜夫的烟丝味也掩盖不了这种芬芳。这三个年轻人坐在圆形的小桌子旁，因为日落前浅浅的风而靠得很近。

薛天佑这时对茉莉说："悠安今天的香水味跟你家的沐浴露的气味是一样的。"祁悠安脸红了，觉得是他在暗示她不修边幅。一个在五星级酒店吃下午茶的女孩子身上怎么能带着沐浴露的气味呢？他的嗅觉如此灵敏，简直不像一个性取向为女性的男生。然而他那么血气方刚，让人清晰感觉到他性取向为女性，他身上散发的荷尔蒙就是用来吸引女孩子的。

"啊，你怎么能够发现。"茉莉惊呼，"她确实在我家里洗了澡，这个下午。"

"哦，真的？你家里？"

"等一下，你怎么知道茉莉用什么沐浴露？"悠安机灵地说。

"那天我们在药店里碰见了，我们买了一样的沐浴露。"他回答我，"你怎么去了茉莉家？我听说喜欢女孩的女孩子都长得很漂亮。悠安，你不会喜欢女孩子吧？"他开了个玩笑，眼神有种奇异的光芒。悠安知道他奇怪的想法来自哪里。

"拜托，我喜欢男生的。"

茉莉似乎有点醉意，她接过了这个话题，笑着说："我也有想过这个问题。现在看来我放心了，悠安没有喜欢我就好。我可不喜欢女孩子，我要等我的白马王子。"说完她把头靠在了悠安肩上，长长的温顺的头发顺着光溜溜的脖子滑落。因为酒的缘故，她柔软无力。

这一个动作像是在醉与清醒之间，她的美这个时候是如此的无害、纯真无邪。

薛天佑看着她，笑着说："哦？什么样的白马王子？"

"是个秘密，不能告诉你们。"

薛天佑没有再问下去，但他情不自禁地打量着这位漂亮的曼谷美人，这位脸部轮廓干净利落的男生这时心中有了更多的好奇。然而他谨慎而克制，没有再进一步，这就是为什么悠安喜欢这个男孩的缘故。她觉得他身上有敬畏之心，像是一种来源于过往的苦难或是深刻的伤痛造成的早熟。这个男孩子是那么清醒，他身上有种纯洁。那个时候，她因为半岛酒店露台上的友谊有过短暂的幸福的感觉，直至很久以后想起来，还是无比怀念。

他们三个也试过在阳光和煦的下午，买一盒Pierre Hermé 甜品店[①]的马卡龙，在拉法叶女士服装百货大楼的顶楼席地而坐，感受着这种傲娇的彩色小圆饼缠绕舌尖的甜味。视野那么开阔，年轻的三个人坐在那里，晒着太阳，挥霍着光阴。祁悠安把印有Pierre Hermé雪白的方形餐巾小心翼翼地藏进了包包唯一的隔层，它们仿佛有薛天佑和茉莉的气息，又有马卡龙甜蜜的香气，反正她需要有些什么来纪念这些美好的光阴。薛天佑很少戴墨镜，在透明的阳光中，他

① 巴黎最著名的甜品店。其创始人 Pierre Hermé 被誉为"糕点界的毕加索"。

的瞳孔不再那么乌黑，呈现很深很深的褐色，他的眼睛总是那样与众不同，仿佛能洞察到别人不能轻易觉察到的事物。而又不轻易言说，保持着神秘。这个来自好家庭的男生修养良好，像一泓清澈的泉水，渐渐地让美丽的茉莉也放下了身上的傲娇。

昨天，祁悠安在学校的走廊上碰到了白一珩，他跟薛天佑不一样，他的眼睛中藏着沙漠一样的憔悴的欲望。他似乎找到了新目标，那个舞蹈演员一样的女孩跟他在一起两个星期就分手了。他那辆红色保时捷的确起了作用，很多女孩都想上去坐一下，甚至不介意成为他的女朋友。后来悠安才发现，在这当中的某些人，“分手”这个词在某些人身上来得非常轻而易举，就像打个响指一样。他们习惯表现出一种世故而老练的姿态，大言不惭地做这样的决定，扮作已历经沧桑，爱情再不配在他们心中掀起大风大浪的样子。

“他们分手的真正原因是……”有个晚上，在一群上海女孩的聚会上，尹俪卿又一次成功吸引了所有人的注意力，“你们知道吗?”

“我根本不知道他们在一起过。”有人说。

“是因为她不肯跟他睡在一起。”尹俪卿说完，妩媚的脸上带着一种异样的微笑。女孩的聚会惯有的尖叫、八卦、冷酷无情的言语，无辜又混乱地充满了房间。

“所以他有了新的女朋友，好期待哟。这是第几任?”

“第五任？两年内!”她们都知道指的是谁，女孩们又咯咯地笑了起来。然后她们开始拿着美颜相机自拍，精心挑选并发到朋友圈，陈述美好的一晚。这些研究奢侈品的女孩们天生就有做广告的天赋，没有人比她们更懂得煽动情绪，只要愿意，她们会花心思美化或丑化一切事物。此时她们故意地让别人误以为留学生的生活都是这样，挥霍着家里的金钱和年轻的时间，活在纸醉金迷的梦幻中，不需挤地铁坐公交、不需努力就能得到大把金钱，好像所有留学的人都是富二代一样。她们从中盈利，赢得填饱虚荣心的面包。为了这样的面包，她们甘愿说出自己知道的别人的任何事。她们也学会了把最光鲜的广告在朋友圈中展示，不为什么，只为了她们心中流光溢彩的泡沫一样的梦，或者说，一场她们自导自演的戏。

可是事实并不是这样，不要被骗了，她们的朋友圈就像她们手上的包包一样不可信。这些妆容姣好的大城市女孩手上都挎着一个出名的包包。这些包包出现在杂志上，出现在明星的街拍上，这时候出现在她们手中：有些是她们的母亲的，有些是她们的追求者赠予的，有些是从专卖店买回来的，有些是从网上淘回来的；不是所有人都能分辨出真伪。这个世界似乎也没有什么百分百的真伪。有欧洲人请求留学生帮忙买到不合法的“便宜的奢侈品”，他们以为亚洲人对这些习以为常，可是留学生们却感到别扭。对于这群女孩的首领，聪明老练的学姐尹俪卿来说，这是一个好时机和好商机，与这些欧洲人建立友谊，她什么都能做得很好：教这群懵懂的傻女孩化妆，给欧洲人带仿冒的奢侈品，跟所有人都建立起很好的关系。

拉克拉尔教授的眼睛像一对扫描仪，可以扫描出所有的真伪，他用毫不留情的幽默指出了桌子上的一个纪梵希手袋是冒牌货。那个包的主人课后哭了，躲了一个星期。后来，这群女学生都小心翼翼地带上货真价实的包包出现在他的课堂上。

“不要论断人。”每次祁悠安想说点轻蔑的话，她都会这样对自己说。有一年，5月的一个午夜，她一个人在曼谷看了《了不起的盖茨比》的首映，完毕后坐着天空列车回酒店，看着那一个国度里浮光掠影中的夜市、霓虹灯、各色人种……每个人都是这样自顾自地奔赴自己的生命，根本没有区别，没有高尚和卑微。这个乱糟糟的地方，极危险又很安全，有着罂粟一般的吸引力。她站在那个夜晚中，看到世界犹如多棱镜，生命犹如大丽花。那一场浮华的电影最终留下的感觉只有一声巨响，随即灰飞烟灭，非常绝望，非常虚空。

“当你想批判谁，试着想想，他们并不拥有你所拥有的幸运。”不要批判，不要论断，你不是她们，怎么知道她们的恐惧。就像那部讲述美国的拜金时代的书开篇所说的一样。

没有人能否认物质主义是这一个时代的重头戏，它牢牢地潜入了每个人的心眼中，一切迅速地被创造，一切迅速地被遗弃，这一来一回的过程带来一阵又一阵空头狂欢的快感。当然，没有人比这一群上私立商学院的学生更懂这个，他们交了昂贵的学费，到资本主义国家念商学院，背后是个古老的却正在迅速崛起的伟大国家，人数众多，地大物博，可是仍然不够自信，不够和睦。这个喜爱共性的群体究竟欠缺了什么呢？他们当中那么多的人用物质填补欲望的窟窿，是因为害怕，害怕被蔑视、被毁灭、被吞并。那是一种求生的本能，一种来自贫穷的恐惧。这不是凭空想象的，真的，他们都真切地体验过，这种恐惧，甚至在他们祖辈的心灵中，在他们某种潜意识中。于是他们情不自禁地寻找能战胜恐惧的办法，也许是好的出生和家境能填充一点儿自信，也许是一个响亮的头衔能带来他人的艳羡，也许是某些物质能衬托自己的独一无二。奢侈品就如同一种无须言语的保证，带在身上仿佛得到了某种昂贵的认证，因为它与贫穷无关，只许随着时间涨价，不许降价。

五光十色的标签太多了，如果一个人没有带上一两个光鲜的标签，在别人看来太不争气了、太落伍了。来自小地方的人为自己的出生而自卑，来自大城市的人为自己没有一个奢侈的标签而自卑。"这都是什么年代了，你怎么还一无所有？一个个机遇来临的时候你在干什么?"没有资源是件可怕的事，每个人心中都带着恐惧或是欲望，奋力地往前奔跑。

祁悠安在Yuki身上看到了另一种答案：那一天，在另一个中国留学生的聚会中，Yuki姗姗来迟，她皮肤黝黑，像是在烈日下长大的一样，眼睛和嘴巴又过分的大，相貌有种淳朴和土气，悠安在荷尔蒙之夜的派对上见过她。那时所有人都以为她来自泰国、柬埔寨、菲律宾，来自随意一个东南亚国家。没有人对她的出现感到惊讶，也没有人对她的到来表示太多的欢迎。所有人继续在玩着游戏、喝酒、欢呼，没有人给她腾出一个座位。气氛很尴尬，大家都看到了，最后一个性格温和的小胖子给她搬来了一张椅子。Yuki会说很好的法语，性格极其奔放，几乎口无遮拦，既不温柔也不精致，甚至有点粗野。她代表着一种什么样的价值观呢？性开放、颠覆传统文化和审美，外国男人喜欢她，因为她身上有种极其直观的野性，在他们眼中，那是种赤裸裸的性感。没有中国男人会爱上她。中国男人，爱的是白皙柔弱纯洁的女性，像画报上的娃娃，像日本漫画中冰清玉洁的女主角。中国男人不需要这样的性感，不需要这种野性，中国男人渴望的是一个剔除了野性的温柔的女人。她自己国家的审美限制把充满特色的她排斥在外，她也深知这一点，然而她选择的不是被驯服，而是逆流而上，于是有意避免自己跟中国留学生的接触。自那一次之后，悠安再也没有见过她出现在这种聚会中。她没有钱，没有显赫的出处，她来自农村，自然也没有名牌包包，她想靠着自己的努力获得一切。她投奔法国男人的怀中，在那里她找到了存在感和自信心。复仇，她跟那些嫉妒的法国人一起来批判那些养尊处优的中国学生，她试图让自己成为一个有优势的人，来警醒这群自以为是的弱势群体。是的，留学生就是拿着长居卡的弱势群体，他们的光鲜只在表象中。

这群弱势的年轻人故意表现得很勇敢，他们不爱那些异类。异类是遭人恨的，东方国家的文化中都强调共性。速朽是这个时代的另一个重头戏，人们没有太多的时间去以细水长流的方式深交一个人，一切必须简单直白。在时代激流下的年轻人，学会了用眼睛和嗅觉来判断大部分的事物，表象越来越重要，身上穿的衣服、手上提着的包、腕上戴着的表……都成为判断的标尺，人们也禁不住屡屡听信那些光鲜诱人的信口开河，在这种短暂的相聚中没有足够的时间来细细考量。久而久之，他们身上有了一种特殊的能力，就是更迅速地通过表象窥见本质，只通过直观的视觉，他们就轻易地辨别出哪些是个性哪些是共性。他们热爱共性，热爱那些跟他们价值观相似的东西，哪怕有时候这些共性是病态的。但只要所有人一起守候着这些共性，他们就感到安全。这些90年代后出生的年轻人，已经不那么轻信主义和形式，他们更相信自己的眼睛和感觉，甚至虚无的梦想也令人生疑，因为他们比以往任何时代的人都更直白地接触了商业社会的巨变。

茉莉是个华人贵族的后裔，不知道是谁传出这样美好的又无法证实的谣言，但是所有人都相信了，因为她从不炫耀，也从不论断谁。她那么善良，那么优雅，有时候甚至善良得有点无聊，可是大家都喜欢她。她是那么平衡，美得恰到好处，用低调的葆蝶家的手袋——没有扎眼的标志和唯恐别人不知的焦灼——她是那样不必刻意打扮就优雅极了，她的东方面孔精致极了。法国人觉得她美，中国人觉得她更美。她不是普通的画报女郎，而是国际杂志上的女明星。她是人群中最耀眼的那个。这一群中国留学生不可抑制地热爱共性，又渴望异己，他们不能完全融入外国人的圈子里，却又必须选择理想中一个东方人最好的标杆，毫无疑问，那就是茉莉。

悠安和茉莉才认识两个月，时间太短，她们的友谊还在缓慢地上升，无法即刻成为无话不谈的闺蜜，没有再多的利益让她们联系在一起。欧洲的土地那么干净，生活仿佛是悬空的，让人难有双脚着地的感觉。陌生的语言、美丽的欧洲，这群来自东方的年轻人无法一下子用手牢牢地把握住，也没有人告诉他们应该怎么做，突如其来的自由也让人无法再以扮演一个好孩子的角色来获得一切。他们都明白，必须很出色，比欧洲人更出色，才能找回自信。欧洲人依然自觉高人一等。别被浮华的朋友圈骗了，大部分时间，这一群年轻人都像是一群一无所有的穷学生一样埋头在自习室里用另一种语言写着报告、论文，准备演讲。因为他们心中有恐惧，只有更迅速地向前奔跑才能稀释这种不安全感。

生活的这场大戏，谁也无法演得不出差错。

啊，不，那又怎么样呢，他们可都是幸运儿，只要稍稍努力就会梦想成真，有什么好害怕的？

4. 占星师

“你说，人死后会去哪里？”有一天，茉莉问悠安。

“这个问题有许多个答案呀，你想听哪一个？”

“有时候，我宁可没有那么多自由。一出生就被灌输单一的价值观，然后衷心跟着这个价值观开心地过一辈子。偶尔有点安全范围内的幻想也是可以的，但不能太多。像这种有很多答案的问题，总是让我感到不安。”

“这么说，你不在乎自由的意志？”

“不，恰恰是太在乎，但自由就注定着充满未知和选择。我只是心里不够强大而已。心里弱小的人就会被所有的答案干扰。”

学期中的考试即将到来，自习室里很是热闹。

茉莉和悠安走到门口，尹俪卿就招呼她们过来旁边坐。这时，一个小个子女生从她们身边走过，尹俪卿凑过来说：“她是个占星师呢，微博上有几万粉丝的。”

悠安趁着在自动售卖机买咖啡的时间看了这个女生几眼。她有种特别的气场，长着一张精瘦苍白的脸，举止间有种事不关己的坚定。

后来她又在商学院里见过她几次，每次她都行色匆匆，独来独往。终于在中期考试之后的一个周五，尹俪卿把她请来了家里。她很老练，一群热情过度的女生并没有让她觉得尴尬。她小心地给每个人绘制星相图，然后通过那一圈圈让人迷惑的符号来解答这些年轻迷茫的姑娘的问题。

这像一场“个人问题座谈会”，无非是问一些感情会不会顺利、跟某个人般配不般配、会贫穷还是富裕等，这群年轻人关心跟自己息息相关的一切。从这些问题中亦可以看出她们内心的恐惧，世界大得让人无力，她们离开国土那么远，却没有雄心壮志来构思梦想。这些看起来只关于一己私欲和私人情感的问题，已经足以让她们筋疲力尽。她们看起来真的需要一个“占星师”，或者说，需要一个心理咨询师来给她们解惑并带来希望。

悠安看着那些像迷宫一样的星盘，感到很新奇。女孩们看累了之后，终于放过了占星师，开始到一旁喝酒聊天。她又恢复了一个人默默无言的状态，坐在沙发的一角。

“嘿，我还不知道你名字呢？”悠安试探性地问。

“吉佩姬。”

“这个名字……挺特别的。”

“你呢？”她笑了一下。

“祁悠安。”

“我有职业病，你说了你的名字，我就想知道你的生日，知道你的生日就想看你的命。直到感觉自己了解了你为止。”她又笑。

“这个职业病很有趣呀。每个人最关心的都是自己的事，你却想了解别人。占星怎么来的?”

“历史久远。从美索不达米亚两河文明中来，天宫图诞生在埃及。”

“就是那些稀奇古怪的符号?”

“嗯，每个符号和每个宫位都代表你生命中不同的方面，而每颗星又互相有角力和影响。”

“好深奥。你怎么学会的？像解锁一个迷宫一样。”

“机缘巧合就学会了，就是一种偶然性。偶然性在科学中不是很重要吗？在玄学中也重要。”

“啊……真是个又多元又矛盾的世界。”

“相信的东西，难道不是只能由自己选择吗?”

“嗯，是的。你们跟信仰不一样呀，你们看起来，更……叛逆一点。”

“叛逆?”

“因为你们预言未来呀！你们预言股票趋势，跟一个人的关系趋势，人生运势……如果我们的命是有天机的，那你们教人趋利避害，就是泄露天机了。”

“没错，你说对了。我虽然研究宿命论，但我相信自己的命还是靠自己把持的。一个人的命运只是一个大致的骨架，皮肉怎么生长还是靠个人努力的。”

“对了，看这些会很累吧？在我看来算命师父都是要收费的。”悠安说。

“今晚白一珩已经帮你们付费了。你不知道吗？”她笑了，“这是我的个人网站，你有需要可以上去看看。”说完，她莞尔一笑，离开了聚会。

悠安再次见到她的时候，是在茉莉的公寓。

“你说得是对的。”茉莉对悠安说。

“谁说什么是对的？”

“关于生死，每个人都有自己的解读。”

“你的问题得到答案了？”

“我真希望这个世界上只有生生不息的繁荣，植物永不凋谢，人与动物永不死亡……”她叹了口气。

“嗯，科学家也是这样说的，人工智能之后永生是有可能的。”悠安说。

“哎，你怎么那么理智。”

“因为我有时候不是个很浪漫的人。你为什么对生死的问题那么执着呢？”悠安试探性地问。

茉莉沉默了一会儿，说："我就是很想知道，像想知道自己的命运一样想知道。如果一切都会灰飞烟灭，我们那么用力地活着为了什么……"

"好了，好了，最近我认识了一个占星师，她还真的可以帮人了解自己的命运。"

"你不是无神论者吗?"

"但我不排斥一切有趣的事物呀。"

"怎么能找到她?"

"付费预约呀。"

"我听过很多这种算命的，就如同付费聊天的罢了。"茉莉轻蔑地笑了一下。

"那就权当玩个游戏呀。我正好想了解下自己呢。"

"有没有时间限制?"

"有时间选择呀，权当玩玩的话，一小时就好了。"

"我看到了。"她打开了占星师的主页。

"叫上天佑？我们三个一起算。"

茉莉狡黠地看了她一眼："哈哈，原来是为了这个呢。"

"叫上天佑"好像成了她们两人之间不言而喻的某种默契。

预约的那天下雨，天气阴郁而寒冷。

晚上9点多时占星师冒雨来到了茉莉家。煮了咖啡，屋里供暖已经开始了。预先写好在纸上的问题递给了占星师。天佑、悠安和茉莉坐在长方形的橡木桌子前，面对着她而坐。

“你们三个人本来是不应该遇见彼此的，只是一种未完成的宿命将你们安置在这里了。所以为了完成你们的宿命，你们彼此之间要共同经历一些事情。从命盘里面看，不一定都是幸福的事情，还包含着很多的困境和一些挑战。”

三个人看了彼此一眼。

“是什么事情呢？”

“你们会彼此拯救。她落难了，他会来救她。她落难了，她会来救她。就像是彼此扶持度过某一个命运的关口一样。你们就像是彼此的恩人。”

“这么说，我们命中有大劫难喽？”

“是八宫的劫难。”

“八宫的劫难指的是什么？”天佑问。

“这在星盘中指的是一个关于生死与秘密的位置，你们的挑战来自这里。”

“啊……生死与秘密，听起来是很大的问题呢。”悠安说。

“每个人，或者一些人，都会遇到生命中某个宫位的挑战嘛。”

“但是生死事关重大呀。”茉莉说。

“事关重大，看你怎么评判了，如果选一个地方有挑战，也没有人希望自己家庭、事业、健康上有问题吧？问题有点多，我要继续往下看了……”

三个人聚精会神地听着，仿佛一个小时的时间有点太短了。他们觉得心中似乎不断地冒出很多的疑问。可是对于玄学的事，他们心中又保留了一种敬畏和距离。

“你还看到了什么?”时间差不多的时候，茉莉问。

沉默地看了一会儿，她说：“茉莉啊，我想对你说两句。你的命挺奇的，大起大落那种。你内心不是个完完全全快乐的人，跟你母亲有关，她可能是个经历过磨难的女人……你的父亲来自北方，是个异域男人……你与你父母的缘分都不深，只有孤身一人去远方，才会找到你想要的一切……”

她说这句话的时候，茉莉脸上闪过了一个微表情。她的笑容好像被一阵冷气忽然凝住了，脸一瞬间变得苍白。悠安看到了。通常，这个美丽尤物的喜怒哀乐都不在脸上，一般人都看不穿她的心思。那个表情出现了半秒就消失了。天佑和佩姬都没有察觉。说不清为什么，悠安却记得了这个表情。

“我们今天就到这里吧。”占星师向大家告别。

悠安送她下楼，她又转过身来说：“你们会深爱彼此，却又会因为爱而分离。”她又笑了笑，离去。

雨在继续，悠安和天佑没有立刻离开茉莉家。没有什么可以消磨的，11月的天气已经太冷了，天又黑，这个城市的深夜除了咖啡馆和酒吧，什么都打烊了。他们没有家人在身边也没有门禁，此时的三个人就好像是世界上最好的朋友、最亲的人，坐在温暖的公寓中喝酒聊天。

“你们觉不觉得，我们在这里过的是一种临时的生活呀？”看着外面的雨，茉莉说。

“这么看，我们整个生命都是临时的。”天佑笑。

“虽然这么说，但是具体到人生的各种事情，也不能总是这么想呀。”她心事重重的时候总显得特别天真，有种说不出的迷人。

“有时候，你跟悠安一样呢，看起来都会特别理智地想问题。”她又说。

“因为感性的人死得早。”悠安说。那个时候，她还习惯用这种中性的口吻说话，一点儿女人的柔美也没有。可能正因为这样，茉莉特别信任她。她们仿佛是在不同食物链中的两个女孩，不会为了一点儿女孩之间的事而争风吃醋。

“悠安，你恋爱过吗？”茉莉问。

“你说呢？”

“我想不出来你喜欢哪种男孩子呢。你看起来又有个性又独立，我不知道什么样的男孩子才能配得上你。”她说。

“我不是一直都这样的，以前恋爱的时候，也是个长头发的傻姑娘呢。”

“我也想象不出来。”天佑笑。

“我谈过一些恋爱，但是都是很短暂的，并不认真。男性真是难以理解的一群人啊。今晚要不在这里，大家都坦白一下自己的恋爱史吧。”悠安说。

“茉莉先说吧。女士优先。”天佑笑着说。

“唔……我没有什么好说的。只谈过一次恋爱而已，就在大学的时候。”

“但喜欢你的人，应该有很多很多吧。”他说。

“哈哈，没有你想象中那么多了。”她竟然脸红了。

“别光问女士了，说说你自己的……”悠安对天佑说。

“有过两三次恋爱。初恋在高中吧，就是那种偷偷摸摸的恋爱。牵一牵手都要鼓起很大勇气的那种。后来被班主任发现了，就轮流叫去谈话，家长也都来了不少次。过一阵子就分开了。”天佑坦诚地说。

“在中国的中学里，是不允许恋爱的?”茉莉问。

“是呀，会写进学校纪律里面，像旷课一样被禁止的呢。”悠安看着她一脸茫然的样子忍不住笑出声来，“不要停下来，天佑，说说你是怎么从一个男孩变成一个男人的。”

“哈哈……”茉莉笑了。

“啊，悠安，真想不到你……”天佑又好笑又无奈。

“快点说说你的故事。看在茉莉女神也想听的分儿上。”悠安不依不饶。

“第一次，肯定是很笨拙的。就是成年不久，和大学里面交往的一个女朋友。”

“要交代时间、地点、天气、心情，还有心理活动……”

“哈哈哈……”

房间里播着拉娜·德雷的歌曲，是《了不起的盖茨比》的主题曲。

12点多，地铁都停运了，薛天佑打电话叫了一辆出租车。

“我们回家了。”他对茉莉说。

“已经那么晚了，还真是舍不得你们走呢。”茉莉说话总是那么柔软又温暖。

“天佑也舍不得你。”悠安又开玩笑，让年轻的男孩女孩有点不好意思。

“我也舍不得悠安。”天佑笑着说。

“明天学校见。”

他们离开了茉莉的家，离开了暖气，在下过雨的冰冷大街上，悠安瑟瑟发抖。橘黄的路灯下，天佑解下了他的围巾，给她披上，跟她一起坐上了出租车。这一个让她回忆起初恋的动作，在冷冷的夜晚特别让人温暖。她心想，如果这一幕被茉莉看到，这位美人朋友一定会嫉妒。

再过十分钟，就到悠安的住处了。他们坐在汽车的后座，微笑着默默无言，街灯一下下向后滑去。他先把她送回了家，然后他自己回去了。可能是这个异国他乡的夜晚孤独来得太可怕了，让祁悠安一瞬间有了满满的幸福感。以至于看着天佑离开的身影，她竟然有点失落。她忽而明白了离开时茉莉的感觉。

第二章 | Chapter 02

黄昏时分苍白的星，远方的使者，
在落日的帷幕上露出你晶莹的前额，
从你那蓝色的宫殿，在苍穹的怀抱里，
你眺望着平原上的什么？
暴风雨远去了，风平息下来，
悲鸣的森林在灌木丛上哭泣着，
金色的飞蛾，轻盈地飞舞，
穿过了一片片香气馥郁的草地。

在沉睡的大地上你在寻找什么？

不过我看到你已下降到群山之上，

你微笑着逃开去，忧郁的朋友，

你那颤抖的目光也将随之消逝。

星星已下降到绿色的山冈，

就像夜的外套上一滴银色的伤心的泪珠。

赶路的牧人从远处眺望着你，

他的一大群羊则在他的身后一步步地跟随着。

星星啊，在这无限深沉的夜里你将去何方？

——《献给一颗星星》阿尔弗莱·德·缪塞

1. 浮世绘

他的身体线条匀称，在月光朦胧的落地窗旁边赤脚向祁悠安走来，只穿了一条牛仔裤，右手握着一瓶红酒，他的手臂那么有力，肌肉完美。他的身体那么洁白，像是一个古希腊雕像、一个王子。他走来，没有丝毫的紧张，经验丰富。上一刻，他们在温暖的奶油味的厨房里喝着酒，吃着他亲手做的晚餐，那时他穿着棉麻的衬衣，彬彬有礼；这下子，他把屋子里的灯都熄灭了，想借着月光来现出原形。他那么高，轮廓那么清晰，头发是金棕色的，腹部布满起伏的坚硬缓和的山丘，在祁悠安看来，这时的查尔斯多么像一只狼。

“也许你想看一部电影?”他的英语有浓重的法语口音。

“当然。”悠安坐在沙发上，局促不安。这个晚上应约来到这里是个错误的决定，一出门她就感觉不对劲。她坐了反方向的车，去了巴黎的郊外，最后只好在寒风中瑟瑟发抖地等待查尔斯开车来接她。夜晚一下子已经过了一大截，来到他的公寓时她已经非常疲惫，赶紧喝了红酒来暖身。还没有吃晚饭，悠安已经有点晕眩。这是第一次有外国男生约她晚餐，她显得很笨拙，毫无经验。这栋建筑那么老，从阳台可以看到塞纳河和圣母院，这个房间里一定已经住了无数的人，有人在这里做爱，有人在这里狂欢，可能有人在这里出生，也可能有人在这里死去。

“你想看怎样的片子？”他征求着意见。

“随意。”她摇了摇头。

“见到我，你很紧张吗？你看起来很不自由。”他坐下来，在黑夜中又一次深深地注视着她。男人，是一种酒精一样的东西，让人有时候会醉，有时候会灼伤，有时候会中毒，有时候，会为之死去。这时，悠安却感到不适，今天晚上她对眼前这杯美酒过敏。

他没等她回答，就试图把她搂进怀中。她挣扎着，突然觉得自己软弱无力，他又松开了，声音里有挑逗的气息：“为什么？告诉我，嗯？”悠安低下了头，他又突然过来。法式湿吻，这个男人是夜来香，剧烈得让人头晕目眩，对健康不利。他的手不安分，在她的背上乱摸，吻了一会儿，她突然狠狠地把他推开了。在沙发上，他们分开了。

刚才薛天佑和茉莉的面孔在脑海中一瞬间掠过，像一道闪电一样，让悠安莫名其妙地又惊又怕，感到自己在做一件背叛的事。

“啊，对不起！我不确定我是不是喜欢你，查尔斯。”她把脸埋在了双手中。嘴唇上还是湿的。她起来去洗了把脸，因为酒的原因，透过镜子，她看到自己面色潮红。

查尔斯走了过来，表情严肃，他说："你还好吗?"

"我今晚没有心情，我要回家了。"她走出了洗手间，准备穿衣服。

"我送你。"

他们一言不发地坐在车子里。巴黎夜晚的大街非常安静，只有酒吧外聚集着夜晚寻欢作乐的人。

"你刚才吓着我了。"他突然说。

"我想我们还是做朋友比较好。朋友跟朋友是不会睡觉的。"悠安说。

他沉默了一会儿，用略带忧伤的口吻说："我以为你会喜欢我。"

"这不由我来控制。"

"我的前女友找过我，她想跟我复合。但因为你，我对她说了不。"他突然像个小孩子。

"哎，别说了，你想做什么就云做，像你告诉过我的那样子。"

"你看起来是一个完全不懂得让自己享受快乐的人。"

"你可能是这方面的专家，比起你，我的确不懂。"

他不再说话。到悠安家时，他还没有高兴起来。

"那么……祝你好运吧。"查尔斯这句话听来像是一句永别之类的话。他的雷诺小汽车在橘黄色的街灯中远去。夜晚，十五区的教堂小街，只有零零星星的行人。没有人知道这些古老的房子里，人们在佯装的炎热季节中做着什么不可告人的事。反正吃饱喝足的人都特别奔放，尤其在这种充满暖气的夜晚，可以无须掩饰地赤身裸体。冬天要来了，而人们浑然不觉。

这个时候，祁悠安却并不想自己孤身一个。但她缺乏勇气，不敢去爱谁，只能独自度过夜晚。命运只惩罚那些心中没有爱的能力的人，人间喜闻乐见的是众生相亲相爱、遍布大地。然而总有一些懦弱的人，因为不爱而成为一个冷酷的孤独者，落入了反抗命运的歧途。孤独的人，清醒而饥饿。一个饥饿的人有可能做出任何饥不择食的事情，但她忍住了。

回到公寓里，她随手翻看着手机。看到上海女孩建立的朋友群里在热火朝天地讨论着白一珩和李韵诗同居的事。李韵诗把她租的公寓退掉了，和她只认识一个月的男生同居，成为今晚极其热门的话题。可是，无论这群女生背地里把她说得多么可耻，也不影响她今天晚上朋友圈里展现的幸福，她勇敢地避开了他人的地狱，奔向了她自己的天堂——那栋巴黎市郊带泳池的白色别墅，里面只住了他们和一条贵宾犬。

薛天佑发来信息。她带着一丝惊喜打开，他却是在拐弯抹角地了解茉莉的事。谨慎的王子，你怎么那么温柔细心，细心得不去轻易打扰大家的美人。事实上，她却没有心思理会他那些小心翼翼的问题，她此刻满心想着的是能跟他去喝酒，一醉方休，避开朋友圈，避开美得让人有压力的茉莉。不知道为什么，悠安很想他能站起来跟自己一起批判这个世界。他与她慢慢成为无话不谈的朋友了，他们彼此信赖。他越是这样，悠安越觉得自己今晚很脏，她吻了一个不爱的人，没有控制住对外国男生的猎奇心，对自己失望。此时心里竟然对薛天佑有愧疚，好像是她毁了他的信任。

“想知道自己爱不爱一个人，很简单。”那天，尹俪卿旅行回来，对一众女孩说。

“是什么?”

“就是看你想不想和他做爱。”

“世上也有只关乎性的一夜情呀。”“就是，哪些在夜晚派对上酒精之后的吻就是只关乎荷尔蒙的。”女孩们立刻站出来反驳。

“不，我还没有说完。能证明你对一个人有爱情，是你想长期地跟对方做爱。”她凑近大家说，“这是唯一能证明爱情的内容。”

“千真万确。”陆盈盈说。她刚哭过，因为失恋。

她一个月前还兴致勃勃地说起她的男友。那一个男人即将来看她了，坐十几个小时的飞机，辛苦工作一年得到的十五天假期，全部奉献过来，砸到这个小女友身上。有人懵懂地被她表面上描述的幸福感迷惑，以为这是千真万确的美丽爱情事件。然而她却心虚了，她十分清楚地知道，自己只是在炫耀着男人对她的关心与痴迷，而并不是真正的幸福。她并不关心这段关系的生死存亡，她在想着一个对策去终结。当关系中没有了爱，人总是会做点什么本末倒置的事来弥补。他们努力地表现着还爱着对方，一起去旅行，拍甜蜜的照片，回来后他们开始争吵打架，为早已预见的分离举行告别的仪式。

悠安早就知道她不爱他，她见过她在派对上沉迷地去吻那个长得像小李子年轻时候的法国人。

“我不爱他，不爱是从不爱他的身体开始的。”陆盈盈说。

“一开始觉得爱的人，为什么会不爱?”

“也许因为太容易得到了，也许因为出发点就不是爱，也许因为命中注定，也许……”

没有人知道为什么爱会消失。

但有一点千真万确，千万别把一个女孩宠坏。女孩有个弊病，尝到一点儿甜头就以为得到了全世界。她们总是做那些遥不可及的梦，把自己想象成一个公主。当她得到了，她就会想方设法地把自己显得更加高不可攀，变本加厉地想要更多，永不满足。所以千万不要对一个女人唯命是从，应当时时给她希望，又不让她满足，她可以夜以继日地追逐，直到精力耗尽，面容苍老。

得不到，是最大的诱惑，这一点对男人女人来说都一样。

这个晚上，悠安感到很不安，她想要跟一个有良心的人去喝酒，一个温暖的人。她坐在家里的阳台看着薛天佑的名字，发了几分钟的呆，又放下手机。她从冰箱里拿出一瓶白葡萄酒，点播了音乐，其实也不错。她又思索着去找大卫，一个在商业设计的选修课上认识的南美洲男孩子，善良又敏感，跟女孩们有相同的性取向，他这个时候跟他的医药师男友在一起，这两个友好的男孩不会介意悠安在场，他们会在一边旁若无人地拥抱，然后继续与她一起聊天欢笑。而悠安知道，她会觉得更孤独。她王这样想的时候，茉莉的头像跳了出来，她想过来找她。悠安心里惊叫："啊！美人，我们怎么如此默契！"

已经晚上9点半，终于找到了相聚的理由。

音箱里传来一首爱迪琵雅芙的老歌，好像叫作"我永不言悔"。这一个晚上是蜜糖的金黄色，或是香槟色，茉莉和悠安只穿了黑色蕾丝的吊带裙在充满暖气的房间里喝着白葡萄酒。聊了一会儿天，兴奋只持续了两分钟，就安静下来了，音乐换成了另一首，她们便无法燃烧。两个女孩有什么可以庆祝的，她们不说别人的坏话，也没有彼此熟悉到聊童年和青春期的事，此时都在等待对方暖场。又或者，等待一个能让她们燃烧的火种。

所以，她们的王子在午夜之前顺理成章地加入了她们。每次相聚都那么情不自禁，仿佛背后有一只无形的手，把这三个年轻人推到一起。克服了这个晚上矛盾重重的思想纠结，这三个人，在悠安家里，又聚在一起。

薛天佑是坐出租车过来的。"花了50欧。"他说。悠安太高兴了，以至于忘记了说谢谢。为了这一句没有说出口的谢谢，后来过了很久她还在遗憾。可是那个晚上，没有人计较什么，因为一种奇怪的渴望环绕着他们，像着了迷一般，渴望见到彼此，不能没有彼此。

夜晚完整了，他们的夜晚完整了，只有他们三个人待在一起，悠安才感到安全。这一种强烈的感觉让他们原谅了一切，无论是不够温暖的夜晚还是不够友善的法国还是乱糟糟的朋友圈，也让他们放肆地享用着这美好的时光而不必客套地说感谢。好像只有表现出这种理所应当，才能证明彼此的亲密无间，没有国界，没有性别，也没有过去二十几年的陌生人角色。

接下来是怀恩豪斯的歌。茉莉去把音乐音量调高，千千万万个歌手中，怀恩豪斯的声音最适合这个夜晚。他们竟然那么一致地有这种渴望，多么神奇，没有人刻意谈论过，却精确无误地知道彼此，仿佛一瞬间就抵达了彼此的心中。

两个女孩，一个男孩。他们彼此相爱。

茉莉喝醉了，她脚步轻盈地走出了阳台，朝下看。她看起来那么美丽，仿佛不是一个真的人，是一个只有银幕和梦中才会出现的女神。

她双手枕在阳台上，说："我要从这一头走到那一头，如果我成功了，天佑，你敢把我抱下来吗?"她话没有说完，就自个儿爬了上去。阳台没有防护栏，很危险。晚风把茉莉的裙子吹起来了。薛天佑和祁悠安被吓坏了，他们跑过去，把茉莉抱了下来。三个人摔在了一起，他们止不住地大笑，像是毫无畏惧一样。

夜晚太冷了，他们返回了温暖的房间，又抱在一起，闭着眼睛呼吸着彼此。悠安说："这个夜晚，以后的所有夜晚，我都要你们在我身边。薛天佑和茉莉，你们就是我此刻最爱的人。”她心里有种坚定的感觉，仿佛必须这样说出来，没有时间来后悔了。一种名为爱的东西在她的心中无比强大，她明知道，她将一边爱一边争夺，但她心甘情愿，像是在找着最深刻的领悟，要把灵魂烫出烙印来。

悠安喝了太多酒，以至于走到浴室的时候都滑倒了，打翻了玻璃瓶中插着的白色百合花。这个浴室中充满花香，是每个周五早上来打扫卫生的阿尔及利亚女人帮忙放在这里的，这样她每次都能得到不少的小费。雪白的毛巾熨过，挂在米色的晾衣架上，非常温暖。悠安的衣服湿漉漉的，贴在身上，茉莉过来想帮她站起来，可是无济于事，因为她也醉得不成模样。薛天佑过来，看着她们狼狈不堪，大笑起来，好像这是一出滑稽的闹剧。悠安坐在镜子前，朝着他们打开了莲蓬头，一下子，三个人都像落水狗一样，一会儿抱在一起，一会儿抢着水，袭击着对方。悠安在浴缸里放足了热水，和茉莉跳了进去，她们两个穿着薄薄的衣服把自己埋在了水和泡沫中，用沐浴露把酒的气味洗去了。

薛天佑把上衣脱了，露出健康的身体，他的皮肤有太阳晒过的痕迹，柔软又光滑。茉莉转过脸，装作不敢看他，而悠安却看着他，肆无忌惮地笑。他不看她们，拿了一条毛巾出去了。一会儿他又回来了，他把自己弄干了，穿了一件棉麻衬衣，下半身裹着毛巾。他礼貌地说会在外面等她们，像个绅士一般。然后他坐在房间的沙发上，等两个麻烦的女孩花了一点时间把自己弄干净。他很害羞，却是恰到好处、自然而然。

太晚了，他们三个在又高又软的硕大的床上睡去。房间里有沐浴露和酒混合的气味，悠安觉得旁边的这个干净的男生和这个金色的女生又香又暖。她依稀感觉到好像在半夜有抱着彼此，手脚纠缠不清，做了心神不宁的梦，一切都是那么不言而喻，一切都在荷尔蒙的操纵下清晰明了。可是什么都没有发生，他们还是最好的三个朋友。醒来的时候已经是正午了。所幸他们是那么清白，昨晚除了梦境什么都没有。

“以后不喝那么多酒了。”茉莉笑着说。她今天来例假了，回家休息。

2. 坏女孩

在异国他乡一点一点地过，很多时候，悠安感到自己只是在等待，来这里完成一个难以命名的使命。她越来越觉得，自己已经长大了，是一个22岁的大人了。越长大，越没有办法向谁寻求答案，只能自顾自地往前走。她看看年龄相仿的朋友，没有听到谁在发问，也没有看见谁的迷茫。在这个速朽的时代，每个人都忙忙碌碌的。在问问题的瞬间、低头思考的时候，别人就会把自己忘记。人们都爱眼前的喧嚣，必须时时参与着人群，了解别人的一举一动，从层出不穷的社交媒体中获取存在感；如果要回到纯粹的自己中，必须要冒着被忘记的风险。终有一天，被自己的懦弱打败。这些年轻人是那么平庸却不自知，他们是那么作茧自缚却习惯于忍耐不抗争。

此时，年轻人只想享受当下，法国的蓝天、红酒、自由的时光和按捺不住的性激素。西方国家的空气中飘荡着一种麻醉剂一样让人慵懒的东西，让人并不想去争夺什么，也不真正想去奉献什么。

巴黎不像梦想中的那般简单纯粹，这个城市的地铁下有恶臭和小偷，高级奢华的五星级酒店对面的街头睡着流浪汉和非法难民。这群做着梦来到这里的年轻人，脚下踩着脏脏的街道，抬头仰望那些光鲜亮丽的幻影。巴黎像只皮毛光鲜、睡眼惺忪的小兽，带着怀旧的光辉，不动声色地看着周遭危机重重。

薛天佑约祁悠安一起去海边的城市短途旅行，同行的还有陈铭峯、白一珩和李韵诗。悠安感觉得到，跟大家在一起，根本没有人把她当作女生。这一行人当中，只有李韵诗一个女生。

那是他们第一次离开巴黎。已经是11月了，在期末到来之前的唯一一次假期，就是这个时候。天气并不好，酝酿着雨水，他们却要去北法的海边。风把人吹来吹去，拍的照片非常难看。李韵诗小心地用帽子和围巾护着她的刘海和头发，对这个城市的城堡和古老街道毫无兴趣。她一直待在咖啡厅里做直播，对着镜头说话做各种撒娇的动作。当时没有人知道她为什么要这样做，没有人晓得她的小心思，大家都看得出来白一珩并不高兴。那个时候，所有人都觉得李韵诗是个虚荣的漂亮姑娘，靠在网络上面获得赞赏而满足。

祁悠安却毫不顾及自己的形象，和薛天佑在暴风雨中的海边撒野。她并不在乎，自己又不必为谁的门面负责，当个自由撒疯的男孩子又怎么样呢？陈铭峯来嘲笑她狼狈，说她不像女孩子。悠安笑了笑，把他的话当作赞美，当着他的面把湿透的鞋子扔掉了，跑到海边的商店买了一双红色的雨靴套上。她是这样随性而没有城府。

这一行人似乎很介意天气。他们不再在城市外面游荡，找了一家昂贵的餐厅坐了下来。李韵诗在柔和的灯光下很漂亮，她刚刚花了很长时间在卫生间补了妆，此时一边吃饭一边把自己暴露在直播室中。她那兼顾两边又旁若无人的能力令人惊异，她那网络红人式的脸像是无数个标准模型复刻出来的一样。她说话轻声细语，举止柔弱无力，中国男孩们都很喜欢她，直播室中不时有色彩俗艳的礼物飞出来。男孩们毫不掩饰他们爱慕的眼光和倾向，他们喜欢这种虚伪，喜欢这种让人眩晕的假冒，甘愿为这种美丽买单。

李韵诗对白一珩撒娇的时候，悠安很想笑，薛天佑也很想笑，他们看着对方的眼睛，忍着没有把食物喷出来。他们吃的是很多层的冷盘海鲜，需要花费很多的工夫，遇到带壳的，还要适当放下一些形象。李韵诗贴心地用纤细的手指把剥好的螃蟹肉放在白一珩的嘴里，然后又去回应直播室的观众。她的一切都是表演，那么富有娱乐性，看得在场的人目瞪口呆。下一秒，她又在朋友圈中宣扬她的价值观，宣扬她的不知道是爱还是其他的什么。那是一种只有这个时代才有的东西，每个人都互相偷窥，又彼此看不清楚。无知的年轻男孩女孩会再一次咬牙切齿，不知不觉地被她影响，被她表演出来的优越感弄得迷失方向。悠安为她的这种能力而吃惊。

茉莉从来不去评判，也不去炫耀什么。在她那个贫富悬殊的国度，年轻漂亮的女孩暴露着自己拥有的金钱或依附着富有的男人很正常，这种事司空见惯不值得惊讶；但她从来不这么做。她一直都像个修养良好的女神，美得让人折服。而薛天佑，他身上几乎有芳香的植物的味道，像是沉在水里又在太阳下风干的木头散发出来的气味。他和陷入互相诋毁又互相追捧的浮躁人群保持着距离。大家都知道，他有个极好的家庭，是个大事业的准继承者，然而他总是很低调，把自己放在平凡的位置，用他锐利的眼睛看着这些肤浅的人，不作评论，不以他的优越的家庭背景作为武器来吓唬别人。悠安像找到救星一样找到了她的两个好朋友。那一群浮躁的男生女生，他们从不来往，他们让人害怕。正是因为对他们的抗拒，他们三个成为好朋友，来和他们区别开。但悠安又暗暗担心，如果真的是这样，这将是一个像沙子堆砌的堡垒一样脆弱的东西——一种只有在共同的抗力下才有的感情，一旦失去抗力，就会坠毁。可是他们都看不清楚自己，都不愿承认。

她除了依赖她的这两个朋友之外别无去处。每个人都很孤独，被流放在这个美丽又危险的国度。因为知道这是一种像速食品一样临时的生活，很少有人愿意付之全部的情感，甚至有人不愿意把公寓收拾好，一年之后住的公寓都像垃圾堆，而他们甩手而去，把所有问题交给房东，留下一个很坏的印象。他们三个人彼此鼓励，试图找到一种永恒，即使在蒲公英一样飘忽不定的留学生活中，也要抱着一颗诚恳的心去把它过得精致。

“你们的存在能带给我快乐。”悠安感觉到，他们是真心诚意的、纯粹的好朋友。而真正的朋友，是多么可贵啊。

发生了巴黎恐怖袭击案的那个13号黑色星期五的夜晚，她更坚定了这一点。那个时候，他们待在茉莉的公寓中，事情发生后几分钟，就通过外媒的新闻了解到这个事件，不一会儿，消息传遍了朋友圈。那个寂静如水的夜晚，三个年轻人又害怕又兴奋，因这可怕的事而变得惺惺相惜。前几天，他们还为悠安庆祝了11月的生日。此时，他们在恐怖的新闻中彼此相拥。法国宣布关闭了国境，航班停飞了。大街上响起一阵又一阵的警笛声，巡逻直至午夜。三个人紧紧靠在沙发上，在充足的暖气中聊着宗教、自由、民主与和平这些漫无边际的大话题。有好多的瞬间，悠安能感到茉莉、天佑是和她心灵和身体都紧密相连的亲人。那一次他们在茉莉家过夜，三个人睡在同一张大床上，直到第二天天亮。

这一个恐怖的夜晚之后，除了上学，他们有好多天都没有外出，各自待在自己的家里。有很多天巴黎都沉浸在悲痛中，音乐家拉着钢琴来到悼念现场弹着约翰·列侬的音乐，被袭击的地点每天都簇拥着苍白的鲜花，大规模的游行被禁止，地铁里的人都警惕而敏感，整个城市的心情都被调到了同样的频率中，仿佛所有人都能轻易地读懂别人眼神中的渴求和感情，变得惺惺相惜，汽车不再争先恐后，服务生不再怒气冲冲。所有人都很恐慌。悠安待在家里，一边想念着她的两个朋友，一边努力做着功课，准备着即将来临的演讲和论文。

然而这种安静并没有持续很久，勇敢的法国人很快就蠢蠢欲动，还在社交媒体上发起了“我在露天咖啡馆”的活动，用这种不怕死的宣言来对抗恐怖主义。

人们重新走上街头，享受音乐艺术和喝酒作乐的夜生活。

有时候，悠安希望能像法国人一样，活在当下，一醉方休。活在当下的法国人醉了以后往往是快乐的，飘飘然，说着无聊简单的话；而她喝醉了以后，会想起往事而痛哭流涕，好像所有的积郁在那一刻爆发。她觉得中国人都不习惯释放，好像克制是一种格外高尚的事情一样。好像是来了这里以后，她渐渐觉得克制是一种病态。以前，在学校里，大家都是好孩子，不会有太多机会喝醉。可是来到了这个酒的国度，他们常常有机会聚在一起喝酒，畅快地喝，然后坦白地说所有的话。她一开始很不习惯，可是哭过几次之后就不会再哭了，就算醉酒是允许的也不再轻易这样做了。她在一种放肆和自由中学会了自律。

那之后有一天，茉莉、天佑和悠安一起去了夜晚的酒馆。喝了酒的茉莉到了那个刚刚好的、将醉未醉的点，她极其迷人，一手拿着高脚杯一手拿着薛天佑的香烟。在场的还有一些朋友，在一起玩真心话大冒险，这个游戏非常受欢迎，输了的人一般都会选择真心话。很奇怪，这个时代大家都期待有人来偷窥自己的隐私，越多越好，把自己赤条条地献出去，成为大家的话题、成为缪斯。所以这个游戏不过是个噱头，没有人害怕被人知道更多，谁都渴望大方把自己的秘密说出去。但是谁都深深明白，不能直截了当地把真实的自己说出来，那样太不优雅了。大家之所以喜欢这个游戏，是因为不擅长表达的来自亚洲的年轻人需要这个游戏来作为跳板，半遮半掩地透露秘密，再绘声绘色地讲故事，一边不忘记添油加醋，像是在小火慢炖着一盅汤一样，这样最迷人。茉莉深谙这一点。

任何时候都别说出彻头彻尾的真心话。过了很久以后，悠安才领悟到这一点。然而那个时候，茉莉就已经很清楚她必须保持神秘感。作为一个美丽的女人，她开窍得比这些小女孩要早。悠安跟她不一样，她什么都说，坦坦荡荡，生怕别人识破了她的不坦诚，为了说出一个小谎言而面红耳赤良心不安。她误以为只有坦坦荡荡才能博得喜爱，尤其是薛天佑的喜爱，她越来越在乎他的看法——她在心里发过誓，要跟他做一辈子的朋友，所以她以为，朋友之间必须坦诚。

悠安喜欢听他笑，当女孩们越大胆地说出黄色幽默的笑话，他越开心，像所有的男孩子一样。薛天佑从来不批判女人的欲望，也不会取笑女人的奔放。他是那么懂得跟女孩们相处，所有女孩在他旁边都会感觉到他的尊重，感到怡然自得。

但在他内心里，却又是那么谨慎和自制，他对自己可是一点儿也不放松。他可是一直在暗暗观察。

在这一点上，悠安找到了跟他的共鸣。表面上，她看起来似乎是艺术家爱的那种女孩，开放、不羁、无视道德传统，爱自己想爱的人，爱任何性别的人，把自己弄得象男孩子一样。然而她知道，自己骨子里，是一个懦夫，一个胆小鬼，她深知自己并不如外表那么自由。她讲着各种毫无城府的笑话，看到薛天佑和茉莉在笑，她心里就以为：笑代表宽容，他们都觉得她很棒、很勇敢。她甚至透露了她跟查尔斯那个难堪的夜晚，她很痛快地把它当作笑话那样讲出来了，忽然如释重负，因为她知道自己并不爱他，而这是她第一次找到了这么亲密无间的朋友去说这些隐秘的事，而他们看起来都能懂。悠安喝着酒，她感到太快乐了。

即使在这种充满着醉意的浪荡时刻，茉莉也还是那么端庄而娴静。轮到她要说出情感经历的时候，她稍稍停顿，娓娓道来，她说，她只在大学的时候爱过一个男人，从此一直单身。像她以前说过的那样，她在等一个人，等一个爱的人，等一个像初恋那样爱的人。极其美好，听起来这是一场守候，谁能赢得这位美丽的公主，隆重地成为那个让她等待了好多年的王子？她喝得半醉，却依然淡淡地说着，好像这就是她的真面目。她比悠安大一点，但是年龄被忽略了，她是圣洁的维纳斯。悠安心底里有点怜悯她，她这么美丽，这么弱小，等了那么多年。悠安甚至为自己脱口而出的浪荡故事有那么一点点不好意思。

有人去了冰岛，在雪地中的温泉里拍了很多的泳衣照片，自豪地把自己的赤身裸体上传在脸书上。“泰国人其实不喜欢在公众面前裸露自己的身体。”在地铁上，美丽的茉莉眨着她杏儿一样的眼睛对悠安说。悠安深信不疑，她一直试图为这个善良的民族加上凡是她能想象的优点。悠安愿意相信他们的坚守、淳朴和善良。他们那么自由，坚持着信仰，不喜爱战争，从来没有过战火，没有攻击性，没有什么值得指责的。她也不知道为什么，极其信任茉莉，为她的美丽倾倒，坚信这种美丽自内而外。她是一面镜子，一面看起来无辜而坦诚的镜子。两个女孩之间隔着一条国界，用着第三种语言说话，看不清楚真伪。而悠安选择了相信，像相信缘分、相信命运一样地相信。没有逻辑、没有推理，也没有根据。茉莉是悠安心中女人最完美的模样。

“爱情、亲情，还有友情，这几样让你排序，你会怎么排？”她问悠安。

没等悠安回答，她又自顾自地说：“对于我来说，爱情总是在头一位的。跟我母亲一样，她是个为爱牺牲过的勇敢女人。”

3. 圣诞假

哥本哈根，情侣们在酒店里吃了他们五星级的早餐；

雷克雅未克，年轻人在冰天雪地中张牙舞爪；

巴黎，好多的人登上了铁塔，或是坐在米其林的餐厅里，对着镜头找到他们最美的角度；

巴塞罗那，阳光明媚的天空下，女孩们涂着红唇，像跳佛拉明戈的女郎一样；

阿尔卑斯大区，驱车前往的人在白雪皑皑中显示着人类的征服欲；

米兰，热爱时尚的女孩们架着自拍杆拍出精美的照片，然后用美图软件把它们折腾上几个小时，换来社交媒体上的许多赞美；

威尼斯总是阴天；

慕尼黑的早晨结满了霜；

布拉格在绵绵不绝的雨点中念着咒语；

维也纳，音乐遍布大街小巷……

所有的这些，在圣诞节前后的某一天，突然涌进朋友圈中。

生命中没有一个假期来得那么炽热，一个月前的恐怖袭击案并没有影响大家出走的勇气。这冰天雪地的12月，节日的假期，法国人都窝在家里聚会，和家人们吃肥腻的圣诞大餐，打着充满酒气的嗝。离家万里的学生，这一群没心没肺的年轻人彻底地自由了，干净利落地踏上了去往远方的路途。

那一个生命中独一无二奇妙的早上，在伦敦的酒店里，祁悠安睁开眼睛，睡眼惺忪地打开朋友圈，一张张熟悉的脸出现在了欧洲各个角落，在所有那些能让人叫得出名字的著名城市——就像梦一般。以前那些只存在于小说和电影中的幻想之地，竟然一下子轻而易举地被一群懵懵懂懂的年轻人走遍了，让人惊讶不已。

这群年轻人的大学同学们，也许正挤在国内大城市的公交车上、地铁上，赶往上班的途中，百无聊赖地刷着朋友圈，又羡慕又妒忌。不过在这些无尽风光的照片下，没有人知道这一群年轻人曾在图书馆通宵达旦，考了好几场试，写坏了几支笔，此刻正面临着挂科和不挂科的悬疑——挂科意味着要再一次付出高昂的重修费和时间成本。此刻的他们以旅行来宣泄一切不安。这些照片，带有点报复的意味，发泄他们在异国他乡的不安全感。这种复仇像是威尼斯的面具一样，看起来非常美好，让人又恨又爱，咬牙切齿。

天佑、茉莉和悠安很早就订了三个人的酒店，在阴雨绵绵的星期四下午往西北飞一个小时来到了伦敦。这是一个微妙的出发，他们住进了可以容纳三个人的华丽酒店。

伦敦，薛天佑已经跟他家人来过两次。这一次，他放弃了各种旅行邀请，专门为了这两个女孩而来。他那恰到好处的温柔，让悠安暗暗担心着自己会一不小心有了对他的幻想。

也许有人在揣测他们的关系，也许有人问过薛天佑怎么能跟两个女孩成为朋友，但所有人看来这样的出发再正常不过：三个好朋友的旅行。然而有种隐约的不安却在祁悠安心里慢慢地出现了。她心中出现了一种幻觉，她感觉到她的两个好朋友之间似乎产生了情愫，像一种若隐若现的爱情的元素。一两点火星跳跃的时候，没有人会立刻想象到大火燎原的景象。自己的这种直觉，让她有了一种当局外者的感觉。天佑和茉莉大可以把自己抛下，两个人去住那种只有一张大床的华丽的、有历史故事、可以喝精美下午茶的酒店。他们大可以堂而皇之地睡在一起，不必顾及自己的感受，也不必顾及其他人的感受。不是很多人都这样做吗？过后人们都善忘，不会有人指责谁跟谁睡了。祁悠安在这趟旅程中自暴自弃地想着，却没有忽略到这两个漂亮的朋友都有着饱满的自尊心，精致的脸庞上容易通红羞涩，含蓄而美好，怎么可能像一般人那样粗鲁呢？显然，他们不会这样做，他们不敢。况且，这也许是一种臆测呢？据说好友之间也是有嫉妒之心的。

祁悠安试图找到平静，可是很快她就知道这是个徒劳的期望。

这三个年轻人，在这个喧嚣无比的城市，爱着彼此，控制着彼此。罪恶感，来自悠安的内心里，一点点累积，她企图掩饰它。然而这可是几个心心相通的好朋友，怎么可能不了解这一点儿心思？像所有的旅行者一样，他们三人在碎片大厦看伦敦的夜景，喝泡着绿橄榄的白马天尼，在街边古老的店子吃炸鱼薯条，这些新奇的景色把祁悠安暂时隔离在彼此之间无声无色却又灼热无比的情愫外。她很快地觉察到，无论是自己、茉莉还是天佑，都在用旅行掩饰着内心的波澜。月亮苍白的光芒缓缓照进阴沟里的暗涌，诡异而狡黠。她觉得薛天佑常常在茉莉的耳边说话，他说得很轻、很不经意，他说的话毫无意义，但又恰好能让祁悠安听见（不知道出于什么目的，也许必须要让悠安见证）。她觉得他故意让人嫉妒，故意让故事变得有趣。这一种偷偷摸摸的快感，让滋生的情愫更加热烈，悠安感到自己的存在像是一个见证人，一味催化剂，使他们之间的秘密交流变得困难重重又异常迷人。他常常这样做，无论是在高空处喝醉了酒，还是在寒风凛冽的街道上走着，他总是这样暧昧又模糊不清。悠安觉得三个人的关系不明不白地变得煎熬起来。她心里有点责怪他把两个女孩拉到了这一个局面中，并且不打算给予任何解释。

薛天佑已经习惯在房间里肆无忌惮地脱掉上衣。在几个月之前，谁也不会指责他的这个动作。然而此时悠安却读出了不同的意味。他也意识到了他自己的身体在女孩们眼中非常美，是的，他越来越确信这一点。这两个女性非常孤独，非常渴望爱，喜欢看赤裸的身体。他敏锐地感觉到了茉莉对他的焦灼，他们目光常常相遇，又因为骄傲，驻足不前。他也常常和悠安四目相对，好像欲言又止。他们就这样无声而激烈地抗衡着。这三个人大概太了解彼此了，好像对方都是自我的一部分，所有的一切不但发生在对方身上，也发生在自己身上。随着他们一遍一遍地触碰到了那个边缘，但是不敢说破，好像说破了，有什么东西将会崩溃，让人承受不住痛哭流涕。悠安那么小心翼翼地喜欢着这两个好朋友，好像没有了他们，就没有了这个冬天，她一边激烈地抗争着自己的幻想和嫉妒，一边维持着眼前的美好。

祁悠安第一次感觉到茉莉对自己有醋意，是一个晚上，她在酒店房间里的镜子后面换上了睡衣，头发蓬松地走出来，薛天佑手中的照相机突然按下了快门，他说："悠安，从这个角度看，你真漂亮。"他就是这么了解女性，他最让人无力抗拒的地方，就是他常常恰到好处地看懂一些女性自己不敢承认的美。这一个刚长成的男孩身上有着让人吃惊的气力，给人带来爱情的感觉，像个经验丰富的魔术师，但他的魅力似乎不来自经验，而是来自一种天然的气质。也许是他的基因赋予他的。

悠安站在那里，被快门惊吓了一下，一时间竟然不知道如何反应。

然而茉莉在一边看着，无辜地看着他，说："那我呢？"

薛天佑转向了她，说："你从来都很美。"他弥补她，不再看悠安了。短暂的尴尬气氛中，悠安装着看不见他们的对视，看不见他们接下来的打情骂俏。她假装若无其事地继续收拾着自己的行李。茉莉吃醋了，第一次，她在悠安身上感受到了来自另一个女性的威胁。可不是吗，从镜子中，那个假小子的愣头愣脑慢慢退却，随着越来越长的头发而透露出一个二十多岁的女孩的柔和感觉，素颜平淡无奇，可是谁都能从她某种气息中乐观地期待，她会慢慢地靠近一个女人的形态。两个女人之间，还能有什么呢？

有时候，女人们应该避开同性的朋友，只在手机中跟她们隔空交流，不要被对方的眼睛看到。有时候女性之间的掠夺是那么不动声色。对方的美就是她们眼中的可燃物，女人的眼睛会吐出火焰，会把人烧成灰烬。而即使茉莉的眼睛吐着火焰，她还是那么美，那么妩媚，染过的头发长出了一截原初的黑色，像一只藏在她身体里的小兽露出的一点皮毛。可是她的脸因此总是显露着一种纯真和热烈，仿佛要用尽力气去索要爱。

伦敦的雨下了两天两夜，非常冷。一出门总是大雨瓢泼。即使带了伞还是湿漉漉的，三人突然决定要去伦敦西区看《歌剧魅影》。中国城对面的皇后歌剧院挂着巨幅海报，然而那一天又冷又饿的他们没有买到票，也没有找到一家满意的餐厅。这三个人，索性手挽手，在一把巨大的伞下互相取暖。薛天佑把他的温暖一视同仁地分给两个女孩。他同时拥有她们两个　而她们的眼中却只有他一个。多么不公平。

祁悠安没试过那么开心。冷飕飕的雨落在皮肤上，他们撒着欢，等待红灯变成绿灯，马路对面就是祖马龙香水店。进了店里，一下子浓郁的香味充满了这个雨天。他们在香水店里把香水一瓶一瓶地嗅着，躲避着外面的雨水。试了很多种，白色的试香纸叠了很多张，握在手中，再也分不清哪个是哪个，拿不定主意要带走哪一瓶。那个下午，祁悠安一直闻到自己的围巾上有一种幽香。即使尝试的香水混合在了一起，却还是那么清冽。不是冬天浓重辛辣的香型，也不是浓艳的花香，是一种有点类似蒂凡尼蓝色的夏日的感觉，像是午睡醒来吃下一口西瓜的气息，像是穿了凉爽的裙子把双脚伸进水里的感觉。但是眼睛和心灵那个时候甚是忙碌，她没有费心思去追究那种香味来自哪一瓶香水。

薛天佑建议去坐摩天轮，他们又撒疯了一样跑进了雨中。那个时候，客观地说，悠安和茉莉算是两个彼此吃醋的女孩，但是就是在那一场雨中，她们却暂且原谅了彼此。发丝上的雨点，黑色的披风，走过马路溅起的水花，在那一个画面中，彼此相爱的这三个好朋友打打闹闹，共同对抗着雨点。看着他们，悠安就觉得仿佛见到了光。只要能这样看着他们，雨一直下下去也是没什么好害怕的。那种女生之间的嫉妒在那一场雨中暂时消失了，留下的只有依恋。

放晴的那一天，他们恋恋不舍地离开了伦敦，起飞往北走，在平安夜前夕来到了爱丁堡。为什么离开，为什么出发呢？这一趟旅程的逻辑在哪里呢？旅行计划是这样做的，可是没有人知道旅行的真正目的是什么。祁悠安不知道，茉莉也不知道，天佑也不知道，他们只想跟彼此待在一起，旅行只是一种形式。像来到欧洲求学的所有年轻人一样，潜意识中有个魔咒一样的声音，指引着不断奔向远方，买机票去欧洲最美丽的城市游荡。年轻就要这样，不要辜负二十多岁的时光，必须向前方去、向前方去、向前方去。全然没有了恐惧，全然没有了退缩，只能这样，一路向前走，走进一个又一个漫长而温柔的旅途。这样的旅途在以一种令人满意的方式消亡着年轻的生命，他们在这种光阴流失的方式中感觉异常满足。

那一场来自伦敦的雨让人短暂地感到幸福过。可是渐渐地雨停了，他们再度回到平静的状态中，茉莉对悠安的敌意又重新出现了。悠安开始变得非常有耐性。她不得不有耐性，她在心里默默地数落着这两个朋友的罪行：他们都非常不合格，他们在整个旅途中都太过自私，一直在琢磨着如何吞噬一只美丽的动物。悠安狂妄地臆测着天佑和茉莉已经喜欢上了对方，也臆测着自己将被抛下，成为他们爱情的第三者，越是这样想，心里的焦灼越是剧烈。然而事实上，天佑和茉莉从来没有逾越友谊的界限，可悠安却把他们这种冷静归结为是刻意地保持着距离，克制着那种把对方推倒的冲动，享受若即若离的快感。悠安想着，他们一定在衡量，在等待一个时机，所有人都在衡量着等待一个时机。她越想越绝望，那个时机一到，她就计划立刻逃离这两个让她欲罢不能的人，不再进行这种虚妄的游戏。

她不再说太多的话，为了把时间留给茉莉和天佑两人，把自己留给这个英国北部的城市，在这一年的最后几天。天气非常冷，天气预报说即将会下雪。好像注定要错过些什么，好像注定是件遗憾的事。无论怎么选择，这终究都会以遗憾收场。他们三个人，没办法找到圆融的结局。难道真像占星师说过的那样：除非永远只是朋友，否则终将接受考验。不逾越那个距离，他们就能拥有最和平的关系。可是，这可能吗？这一场与荷尔蒙的对战，他们这三个年轻人，能取胜吗？让人怀疑。

在一家灰青色的爱丁堡酒吧里喝了红酒，悠安一直打喷嚏，眼泪一直流，非常狼狈，他们在笑她像个野孩子。这时，母亲在美国给悠安打来视频电话，她借口离开了座位，去了餐厅门口，一边抹眼泪一边打喷嚏地跟她聊天。天气太冷了，她的鼻子冻成了红色，像给圣诞老人拉车的小鹿一样。圣诞的灯饰点缀着古老的小街。手机屏幕中，她看到母亲的头发也长了，跟悠安一样。这时，悠安突然生起了一种对母亲强烈的想念，她有很久没有见过母亲了，她在美国的家中温暖的客厅里给女儿打的电话，她的新家装着温暖的圣诞树，星光熠熠，壁炉中安放了逼真的电子火焰。母亲的美国男友史密斯跟悠安打过招呼。他是个戴着眼镜的斯文人，有着可爱的笑容，不像个坏人。悠安心里终于感到有点温暖，起码有人抓住了自己的幸福，不是吗？她在心里对妈妈说：“妈妈，你幸福就好。”

薛天佑推门出来抽烟，一边默默听着悠安讲电话，一边吸着烟嘴，大卫杜夫的香烟气味弥漫开来。

悠安连忙擦了擦眼泪，说："拜托，别再在我那么狼狈的时候出现。"

"你还好吗?"他眼神温柔。

悠安从反光的玻璃中看到了自己因为流过眼泪而通红的脸，感到非常尴尬。她一点自信也没有，在这个寒冷的天气中感到无限失落。

"是我妈。她来跟我讲圣诞快乐。"她挤出一个笑容，撇撇嘴，小声地告诉他，"我爸妈……他们很早就分开了。"

他听了表示理解地点点头。他从口袋中掏出了纸巾："是这个原因吗？你哭了。"

"不好意思……"

"别说不好意思……"他看着悠安，像看着一个小孩。

她的眼泪又出来了。她背过脸。

"小时候，我有很长一段时间都没有见过爸妈，我是跟着爷爷奶奶长大的。忽然有一个夜晚，他们回来了，把睡着的我从爷爷家带走了。第二天醒来时我在一个陌生的城市中，我坐在他的小汽车里，他指着一栋栋新建起来的大楼，告诉我：'那都是属于爸爸的，你开心吗？'我说了人生中的第一个谎，我说：'喜欢。'其实当时的自己非常不安，并不喜欢这些陌生的东西，只想回到爷爷家里。但是，我长大以后，却不再觉得那是一个谎言。反而，越长大，我越感激他所做的一切。因为啊，他给我铺垫的梦想是我后来才明白的。”他把烟掐灭，自顾自地说了这一番话，“所以，即使是我们感觉万劫不复的悲伤，有时候，过了很久看回来都是一个转机。只是我们身在其中时没有看懂。”

悠安在情绪中，一时间无法领悟。只觉得他的眼睛还是注视着自己，她感到脸上火辣辣的，故意避而不看，她害怕自己会因为脆弱而爱上他。她心里暗暗想：我的王子，别再对我温柔……

他伸手拍了拍她的肩，露出了鼓舞的笑容。接近的时候，悠安闻到了他身上带着烟丝气息的香水味。她甚至可以把头靠在他的肩上，他的手可以再把她抱紧一点。她多么渴望这样做，她渴望一个温暖的拥抱。这对于这个冬天是件多么勇敢的事情。然而，这时，推门出来的是茉莉。薛天佑的手放了下来，回到了他的口袋中。

“你们在干吗?”她眨着漂亮的杏眼问。

“抽烟。”“打电话。”天佑和悠安同时说出不同的答案。

在华尔道夫酒店的房间可以看到爱丁堡城堡和干枯的山峦。平安夜那天晚上，像之前约定的那样，他们给彼此准备了礼物。悠安给薛天佑挑了Floris No.89[①]，给茉莉的是兰蔻的珍爱午夜玫瑰。酸甜浓郁的香味在这位泰国美人身上散发着，她就像一位从神秘东方伊甸园走出的女神一般。而悠安收到了一本刺绣手工笔记本和一套CK

① 英国著名男士香水。

的丝质吊带睡衣。她送给他们香水，是因为希望被记得，寻着香味，他们的记忆会写在某处，永远永远抹不去。那一个晚上，他们三个都那么用心，虔诚地献上礼物。在这件事上，他们没有偏心地彼此爱着，像好朋友一般。

白天，在这个热闹又安静的地区闲逛。入夜，悠安常常会在游泳池里二十九摄氏度的水中游上一个晚上。他们有时候会来看她，坐在泳池边的躺椅上喝鸡尾酒；有时也会下水。茉莉不喜欢水把头发打湿，她喜欢24小时都带着精致的妆容。水让她有时候感到苦恼。而悠安很久都不化妆了。虽然她知道，像天佑那么精致的男生也许不会喜欢一个不化妆的粗糙姑娘。

有一天悠安很早醒来，6点的清晨，房间里透入不知道哪里来的模糊不清的银蓝色辉泽，也许是月光，也许是其他，安静极了。昨晚，她做了一个湿淋淋的罪恶的梦，把人缠绕得喘不过气，感觉窒息。那一瞬间，她醒了，幸亏这只是一场梦。在那么柔软的床上居然还会那么痛苦，她很惊讶，醒来时感到缺氧的空虚和孤独。茉莉在她旁边熟睡。悠安裹着洁白的浴袍悄悄推门离开了卧室，地上厚厚的毛毯消除了脚步声。天佑翻了一个身。

走下楼梯，一个人也没有，窗户的玻璃上结满了霜，然而酒店里充满了暖气。走廊里回荡着轻柔的贝多芬的《月光曲》，她像个梦游的人，来到了泳池，解开浴袍，毫不犹豫地跳到水中。她想像一尾鱼那样张开双鳃，在那涌动的蓝色波光中，像泡沫一样轻盈。

把可恨的重力甩掉，把欲望甩掉，把让人毛骨悚然的念头甩掉。她在水中来回几圈，饥肠辘辘，开始觉得头晕。在水中，她睁开双眼，想起了跳水的人，忽然有个恐怖的幻念，那个跳水的人重重地摔在滑溜溜的泳池上，没有水把她托起，鲜血流了一地，她甚至有了幻听，听到了那一声沉重的破裂。她猛然从水中抬起头，往岸边游去。

她看见薛天佑从岸边向她走过来，像幻觉一样。她一阵晕眩：他怎么会在这里？他怎么知道自己在这里？

悠安从水里出来，天佑伸手拉了她一把，他已经穿戴整齐，像往常一样，玳瑁边框的眼镜、灰色的羊毛外套和白色的背心溅上了几点水珠。悠安只穿了滴着水的泳衣，赤条条地站在他面前，瑟瑟发抖。他的手温暖又干燥，碰到了她冰凉的身体。她感到有电流流过自己的心脏和双脚，差点晕过去。

“低血糖吗？脸色不好。水太凉了。”他问，极其温柔。

“你怎么来了？”悠安笑了，笑得很乡土，湿漉漉的头发贴在脑袋上，她感到自己像个傻瓜。

“醒了，发现你不在，茉莉还在睡觉。我猜你会在这里，就过来看看。”

“很冷，我去换衣服。”

“你的嘴唇很白。空腹做激烈运动，会有点危险的。这里又没人。”他看着她。

温柔的、险恶的王子。她总是觉得，他知道她是怎么想的，于是低下了头。梦中的画面在脑海中一闪而过，悠安又感到心慌。

他在白色的椅子上坐着等她换衣服，直到悠安把头发吹干了，穿着浴袍向他走来。他的声音、身高、气味，还有言语，在这个早晨都让悠安感到亲密无比，让她在这个清早心跳加速。他们相处得很好，非常自然，仿佛恩赐。如果没有了茉莉的话，一切会怎么样……

“我在早餐厅等你们。”天佑说。

回到房间时，茉莉已经起床了。

“你们早上去了哪里？”茉莉一边化妆一边问悠安。

悠安突然发现，他们两个这一点挺像的，都是懂得精心打扮的人，每天都一丝不苟。

“我去游泳了。醒得很早。”

“薛天佑也跟你一起去了？”

“不，他后来下去了。他在等我们吃早餐。”

“你们不是一起出去的？”

“不是。”

她们一起去找坐在餐厅的薛天佑，在电梯里一言不发。

“你们来了。还有不舒服吗？”天佑问悠安，给她调了一杯蜂蜜水。

茉莉起身去拿食物，没有说一句话。这个早晨她独自在房间里醒来，发现身边空无一人。她起身时长发披在肩上，有种幽怨的美感。悠安和薛天佑交换了一个眼神，他起身去找她，试图跟她说话，直至她的脸上重新有了光彩。

他是知道的吗？这两个女孩的想法。

天空这时开始下起雨夹雪来，打在彩色的圣诞玻璃窗上噼里啪啦，餐厅的人都不约而同地往外面看。天暗了下来，室内的暖光重新照亮了茉莉的脸，不知道天佑跟她说了什么，她又变得快乐起来，站在琳琅满目的糕点前熠熠生辉。远远看过去，那真是一对璧人，完美无缺。

这一天风太大了。酒店的暖气迷惑了判断，悠安只穿了薄薄的衬衫和风衣。不一会儿，暴露在室外的他们就感受到了爱丁堡冬天的威力。她再一次被冻得瑟瑟发抖。薛天佑脱下了他的灰羊绒围巾给她披上了。他的体温穿过刺骨的寒风，一下子渗透在悠安裸露的脖子上，手心上，抵抗着风，她不自觉地把他的围巾拉紧了一下。接下来，一下子，她的眼泪又要出来。

茉莉抱着她，让她靠在肩上。悠安闻到了她身上好闻的香味，她在她肩上哭了一会儿，才慢慢缓过来。她不敢抬头看薛天佑，她越是温柔，她就越不敢看到他的眼睛。茉莉在她面前，永远泰然自若得像一株玫瑰，有种坚强的柔弱，她感觉到了她眼神中对薛天佑若即若离的依恋，她是这样解读茉莉的眼神的，好像这个男生是一道阳光，只需要一个门缝就能霸道地照亮她整个心房。

悠安的眼泪，包含着温暖、感动、依恋，又夹杂着嫉妒、不安、无助，在这个寒冷的陌生国度，一些无法用言语表述的情愫通过泪腺喷涌而出。薛天佑的围巾上有种淡淡的植物的清香，她此刻的秘密就是偷偷摸摸而贪婪地沉醉其中，不被人发觉，像丛林中的野兽那样隐蔽着自己。同时，她又分明感觉到，他的一切恩惠都是为了给茉莉呈现出一场场美好的话剧。在这个故事中，悠安搞不清自己究竟是主角，还只是一个棋子，一个把戏当真的戏子。当薛天佑那说不清的温柔以恰到好处的温度传到她身上，发酵出让人难以置信的效果：她一边沉醉其中，一边提醒自己不能信这幻觉。她不愿意相信自己对他有爱情。

此后，他的围巾一直被悠安放在箱子中，藏在深处，一直藏着，不还给他。她像个着了魔的人，拼命地保留着那一刻的温存。他并没有向她要回。他似乎明白她的心思，像一贯那样。他要给她一个信物，这个信物不是用来定情的，是用来在某个人心中偷偷地刻下一道口子，从此永远记得他。自私的人。

茉莉在看着这一切呢，她是一朵玫瑰，她身上有刺，她美得让人窒息又心痛，悠安想跟她好好地成为朋友，真正的那种朋友，中间不会横着一个男生的那种朋友。然而又因为不能冲破心墙去了解她而害怕她。

他和她，她和他，她和她，这三个人的事，没有人敢向前逾越一步。更何况，这种扑朔迷离的情感连他们自己也不确定。已经长大了的人，在这件事上，又忽然变回了一个六神无主的小孩。一边顾及着友谊，一边用近在咫尺的幻想填充自己，克制着情绪。装得像是缺了谁也不怕，却怕那三个字在某一个人的口中说出。

在爱丁堡的最后一夜是今年的最后一天，悠安忽而无比轻松。明天，他们将会各奔东西，分别两个星期去另一个欧洲国家的某个城市上课。欧洲的国与国之间那么近，一不小心就越过了另一个国家的边界。三个人被分到了不同的地方，多么公平，是不是？这一局三国杀还没有完，谁会是坚持到最后那个呢，战死也要像一块冰清玉洁的宝石一样死去，绝对不容许有杂质。

这一个晚上，在酒店的透明玻璃幕墙的酒吧里，有一个为这些没有回家的客人举行的派对，有乐队在演出，唱怀旧的歌，让人沉醉其中。悠安瘦了，裙子又轻又软，蓬松的头发已经长到肩膀上，从短发到长发最难看的时段已经过去了，她又重新像个女孩一般。

下午跟家人视频聊天的时候，爸爸对她说："我的女儿长大了，一定会有许多男孩子喜欢。"

"哎，爸爸，我早就长大了，喜欢我的从18岁到80岁都有呢。"悠安打趣。

此时，在晚上10点阴暗又光影斑驳的优雅酒吧里，他们三个在音乐中站着喝酒，茉莉身上的香味是悠安为她挑选的，她很满意，与这个时分如此吻合。

"茉莉，你真是世上最美的人。"悠安常常这样说。

每当这个时候，天佑就会一本正经地附和：“我同意悠安的说法。”

而茉莉会说：“悠安才是最美的女孩，你们都没有看到她将要变成的模样，但我看到了。”

薛天佑在喝白马天尼，像一贯那样，他喝酒的样子沉静自然，像一只优雅的狼。为什么大家都这么沉默，这个晚上不应该狂欢吗?

“我说，今晚，好像是我最幸福的一个晚上了。像是不再有负担了。”茉莉莫名其妙地说。

“12点，这里有狂欢是不是?”悠安问。她隐约觉得茉莉这个晚上有点不寻常。

“是的，为新年的破例，可能会变得非一般的热闹呢。”天佑说。

“新年，你们有什么愿望?”悠安又问。

他们没有立刻回答。

“你呢?”沉默了一会儿，薛天佑反问悠安。

“我本来想说，新年中我全部的愿望都是跟爱情有关的。但不知道为什么，我突然间没有勇气说了，所以就顺其自然吧。”悠安说。

“我希望你们都在我身边，无论遇到什么事，都不要离开我，无论过去或未来有多么艰险。虽然此刻你们都在我身边，我还是很害怕一下子会失去你们。要是我们都不要分开，那该多好。”茉莉说，她已经喝完了一杯莫吉托，她显得弱小又温柔。

"茉莉，我们会分开的对吗？以后，你会回到自己的国家，我们也会回到自己的国家，是这样吗？"薛天佑说。

"以后，没有人能说清。但现在请不要这样说，太伤心了。我希望我们能在一起……"

乐队的女主唱这时唱着"Yesterday"，让在场的人都陷入了温情脉脉的乡愁中，三个人醉意朦胧地喝着酒，深蓝色的玻璃幕墙仿佛大西洋最深的海一般缓缓涌来。

悠安跟随着音乐哼唱着："Yesterday, love was such an easy game to play. Now I need a place to hide away. Oh, I believe in yesterday...①"

茉莉的眼中有泪光。

一种无以言表的忧伤从时间的深处回溯到面前，如同这缓缓变幻着的灯光，它越来越亮，越来越亮，直至最后，忽然如同白昼一般耀眼。所有的人都从座位上站了起来。他们猛然意识到这个特殊的时间节点，于是急急忙忙地举起酒杯，紧紧挨在一起。屏幕上升起倒数的数字，如同烟火，无比灿烂，仿佛全世界的人这个时候都没有睡觉。来吧，别睡，让所有人都一整夜醒着，见证时光是怎么流过年轻放肆的身躯的。

欢呼声，音乐声，倒数声，还有热烈的浪花把他们三个人紧紧

① 歌曲大意为"昨天，爱情本是如此简单。而我如今却渴望逃避。哦，我宁愿相信昨天……"

包围着，人们踩着步点跳着舞，用狂欢迎接这一个新年的到来。悠安却不能自控，只感到伤心。

“天佑，抽烟吗?”

“嗯。你先去。”他不想离开这阵子的热闹。

悠安向他借了烟和火，去了露台。露台上人不少。有人在接吻，旁若无人。她意识有着不祥的清醒，心跳极快。烟只抽了半截，天佑还没有过来，将没有抽完的烟掐灭，她就返回了酒吧。

闪烁的灯光交错在黑夜的暗影中，她看见天佑和茉莉紧紧相拥。

她走过去，故作轻松。他们见她来了，又分开了。没有人解释什么。

茉莉脸上闪着泪光，在悠安看来，那是这个晚上幸福的泪水。

她笑笑，极力平息自己急速跳动的心脏，她怕自己会死去。

4. 大冒险

“薛天佑和我决定在一起。”第二天正午，在餐厅里，茉莉对祁悠安宣布了这一句毫无意义的话。

在海边的餐厅，远远望去，一片墨绿色的海延伸至阳光明媚的深处。海边的人在极冷的风中开着飞艇，放着风筝，那是湿润的沙滩上唯一的色彩斑斓。另一边，席卷的乌云正在酝酿着一场暴风雨，礁石上积满了浪花。

这时，侍者端上了白马天尼的餐前酒，红色的餐巾纸上印出了一圈潮湿。

“我猜到了，三个月前我就猜到了。你们是一对金童玉女，理所应当要在一起。所有人都会祝福你们，也会嫉妒你们。”祁悠安喝着酒，面带笑容，佯装坦然自若。但她掩饰不了自己一副疲惫的模样，由于酒精，太阳穴还在隐隐作痛。而对面的这两个刚刚坠入爱河的情侣，却有着说不出的神采，仿佛昨晚没有酒精，没有熬夜，只有梦里的鸟语花香和风细雨。

薛天佑低头，有似有若无的微笑。气泡水在透明玻璃杯里来回撞击。餐厅的门被推开了，一阵狂风吹进了几名头发凌乱的欧洲人。他们不约而同地抬头看去。

“所以，这应该不算是个很难的决定吧?”悠安说。

“悠安，祝福我们。”茉莉说。薛天佑用微表情制止了这个话题，他不想听任何人的想法，他想略过一切。这是个不需要旁人意见的决定，包括祁悠安的想法，无关紧要。

侍者过来，热情地跟他们聊天。

他得知了茉莉的国籍。他去过泰国，很有好感。

他又转向薛天佑和祁悠安：“你们是中国人？你们是……情侣吗?”他说了这一句话。

“她才是我的女朋友。”薛天佑把手搭在茉莉的肩上，微笑。

“啊，对不起，我误会了。”侍者很抱歉。

阳光不见了。窗外突然下起了雨，噼里啪啦地打在透明的玻璃幕墙和鲜红的遮雨棚上。沙滩上的人四处逃跑。风把路人吹得蜷缩着，小狗的毛朝着一个方向鼓动着，海边的树木以非常夸张的姿态凌乱着。不一会儿，雨就跟海连在了一起，形成了由远而近的灰蓝色雨幕。

“你们会在爱丁堡待多久?”侍者问。

“今天是最后一天了。”悠安说。一会儿，他们将会坐上飞机，去不同的城市当一个月的交换生。

茉莉依偎着薛天佑。他们的脸靠得很近，在耳根旁边说话。

“听起来很棒呢！那么，祝你们一切顺利。”侍者离开了，并没有觉察到这当中的离别。

一下子，祁悠安心里有种莫名其妙的轻松，仿佛一切负担都没有了。她又得以一个人怀着不断落空的希望去远方，不必挂念谁，彻彻底底地活在眼前让人泣不成声的时光中。

“所以祝福亲爱的你们。”她端起了仅剩一点儿的餐前酒一饮而尽。

“别喝那么多了。”薛天佑又温柔地说。

“一切都会变吧，我们，这一切。你们在一起之后，我们还会是很好的朋友吗？”她说。

“你说什么呢，我们肯定会很好啊。”

悠安的眼泪出来了。她又笑又哭，假装被酒呛到。落地玻璃窗外的雨渐渐停息了。阳光从破开的天空掉下来，温柔地砸到地上。风把云层吹开，露出湛蓝的天空。餐厅里播着60年代电影的配乐，Hub caps and tail lights①，显得很滑稽。她今天的身体很虚弱，有什么东西被突然抽离了，失去了重心。午餐喝了太多酒，直到上飞机前她还觉得恶心。

---

① 《轮毂盖和尾灯》

“所以，再见。”告别时他们三个人说，生硬地拥抱了一下彼此。祁悠安拉着行李箱走进了国际出发厅，没有回头，没有贴心的眼神接触。而天佑和茉莉，要在一起待久一点，也许会继续亲吻，会有热烈的拥抱，然后恋恋不舍地告别。但悠安都看不见，这样最好，她担心自己会失控。他们也面临一个月的分离，这其实不算什么，他们只看得见当下的爱，在爱中根本没有恐惧。

天空晴朗得任由飞往世界各地的飞机自由地出发。悠安看了看票上的地址，忽然发现下一个即将要度过一个月的目的地是法兰克福。她毫无准备地到达，把情绪留在了背后。这时，她只想当个沉默的学生，过简单的生活，不再彻夜不眠地说话和无休止地喝酒。她感到自己已经没有太多的秘密可以说了，现在非常轻盈。几个月以前，她坐着从香港飞往巴黎的飞机来到的时候，是另一种完全不同的心境。那个时候，她花了三天三夜来收拾行李箱，把高跟鞋、书籍、食品尽最大可能地塞到箱子里，生怕准备得不够生活会变得苦恼艰难，她拉着沉重的箱子带着许多心事辗转千里来到这里，以为新的生活会因为她那孜孜不倦的准备而对她张开怀抱。然而一切的预期都是徒劳，一颗不自由的心去到哪里都是负累，再多的计划也赶不上生活层出不穷的彩蛋。人们永远不知道下一颗是巧克力蛋还是粪蛋。

透过手机的朋友圈，可以看见这一个冬天发生了很多事，除了北欧的雪和南法的阳光，在漫长的旅途中，很多对新的情侣戏剧性地冒了出来。这些突如其来的恋情没有太多的铺垫和情节，没有漫长的注视和等待，非常突然地就有两个原本貌似陌生的男女把合照公布在虚无的网络上，让人惊讶不已，像是一个个无厘头的冒险。观众跟着附和起哄，好像那是一件勇敢的事——没错，的确是一件勇敢的像是给自己埋下炸弹一样的事情。没有多少人对快速成立的关系有着百分之百的信心。

这是1月1日，天气预报说今天这个城市会下雪。祁悠安关掉了朋友圈，她是一个即将离开的旅者，一个无法爱上任何人的过客。即使在一个会下雪的浪漫城市里。

机场的广播里突然播起了轻快的圆舞曲，人们情不自禁地站起来，在候机厅的空地上跳起舞来。她为眼前的无缘由的欢乐和满足而感到惊讶，笑容荡漾在这个新年的人们的脸上，他们那么幸福、那么满足。而她蜷缩在座位上，脸色苍白，像一只瑟瑟发抖的鸟儿。坐她旁边的男生突然站起来，邀请她一起跳舞，她站起来跟他一起汇入了跳舞的人群中，她笑了，情不自禁，不再多想。这个金发碧眼的高个子的男生是个德国人，他跟悠安一样即将要去法兰克福。

他说："你看起来很累，像是很久没有跳舞了。"

她说："我一直走在路上，在旅行，哪里有时间跳舞啊。"

他说："那可不是时间的问题，只要你想，就可以跳。在浴室里可以跳，在广场上也可以。"

她说："查尔斯，我可以叫你查尔斯吗?"

他说："他是你爱的人?"

她说："不，我不爱他。可是，这一刻，我突然很想他。我看见你就想起他。"

他说："那么，我猜，就是喜欢你的人。"

她说："有点意思的猜测。"

他说："看来我猜对了。所以你今天为什么不快乐呢?"

她说："从今天开始，我失去了两个好朋友。他们从此不属于我了。"

他说："没有人属于另一个人。人们相爱，又各自独立。"

她说："他们没有错，也没有离开，他们只是相爱了，我应该祝福他们，不是吗?"

他说："我大概懂了。也许你嫉妒了，你嫉妒他们有了爱情，建立了关系。你嫉妒，恰恰因为你渴望爱情。"

她说："是，我嫉妒那些坠入爱河的人们，一瞬间的愉悦，旁若无人的幸福。可是，你说我心中是不是住了一个魔鬼？竟然会因为别人的相爱而难受、失落、情绪波动。"

他说："你渴望的是爱的感觉，而并不是真正的爱情，爱的感觉也许在今天的阳光里，也许在你读的一本书里，在别人的故事里。而爱情，是你真正把自己交出去，亲手触碰，不用对别人言说，因为你完全置身其中，你把自己奉献了。你只是看着别人相爱，渴望成为那一个角色，而你自己却踌躇不前，你渴望成为主角，却永远都只是个旁观者。因为你不敢把自己交出去。你渴望得到爱的甜蜜，又害怕受到伤害。”

她说：“查尔斯，谢谢你。我不去随意触碰，因为没有办法选择，也没有人能告诉我们该如何选择。有些人更加适合成为朋友，只是朋友。一旦有了爱情，就会很危险。那是宿命。”

他说：“我们是自由的，你太忧虑了，亲爱的小姑娘。不要相信宿命。”

她说：“查尔斯，人是渺小的，我们任何一己私欲都不能抵挡势必发生的一切。我小的时候就知道，两个人的爱情被成全会是另一种分离，在几年前，我目睹了父亲与一个年轻的女人的相爱，另一面，是他与我母亲的分离。每一个时刻，都只能选择一次。你的得到，即是别人的失去。在不断得到命运礼物的惊喜中的那些幸运儿很少会低头看看其他失落的人。我忧虑的，正是这个，我相信命运，是因为从命运中看得到的是一种永远对等的悲喜。那些坠入爱情中的人，我甚至看得到他们将如何分离。我害怕这种即将终结，我恐惧这种不永恒。”

他说：“会有奇迹发生的，我们都在对这种奇迹的期待中得到快乐。你为什么不能活在当下呢？活在现在，不活在过去，也不活在将来。就现在，在这架飞机上，为享受这一小瓶白葡萄酒而感觉到的幸福滋味。”

夜幕降临在法兰克福的机场，从机场的食店里飘来了烤面包的香味。他们拉着行李去往各自的旅途。玻璃幕墙外面的天空是很深很深的蓝色，像是回到了海的深处一样。她打开手机给两个朋友发了信息，告诉他们自己已经降落了。此刻他们也应该到了各自的目的地，薛天佑在米兰，茉莉在马德里。他们三个人，都被公平地暂时分开了。

这位听悠安说了几个小时话的德国男生说："我们要说再见了。我今天的朋友，请你记得我的名字，我叫朱利安。"

悠安还是不习惯离别，但她不能说出来。她只好说："再见，有缘再见吧，查尔斯。"

5. 真心话

在法兰克福的冬天的夜晚，简洁的青年旅馆里，祁悠安与同学们在一起。早上暮色还没有褪去的时候，他们就踏着结满霜的小路去上学，夜晚就围在青年旅馆宽敞的厨房里学习或者喝酒。她忽然发现陌生人是多么可爱，他们总是最友善的。每一段关系，都会面临着一个选择的临界点。那一个临界点发生在陌生人进化成熟人的过程中，所以令人矛盾的，往往是那些半生不熟、一知半解的人。他们是退不回去的陌生人，总是要残忍地在他们身上做出选择：升华至更好的关系，还是继续半生不熟的尴尬。而在这个青年旅馆里，他们都是一群轻松的陌生人，刚刚认识，没有人知道另一个人的太多秘密，彼此之间只是简单的联系，可能是即将一起做个演讲，一起写报告，一起去城市里溜达一个下午，再无羁绊。

一天茉莉给她发来信息："我想告诉你一个秘密。"悠安没有回复她。她很倔强，不想低头侧耳聆听这个秘密。她想离开这个总是胜她一筹的美丽朋友。她们的对话没再继续下去。

法兰克福没有下雪，美因河潺潺流淌，晴天时飞机从碧蓝的天空中驶过，留下一条条长长的白色痕迹。在这个安全得有点无趣的城市里，大卫带她去同性恋酒吧，黄昏美艳绝伦的时候，他们走过长长的法兰克福铁桥，在岸边的桥上吃晚餐。夜幕降临之后就去旧市政厅附近隐秘的酒吧。大卫天生丽质，可以轻易地找到男友。在那样的地方，悠安通常待上一阵子就感到疲倦，大家都很友善，一起喝酒聊天，但没有太多人真的对她这个女生有兴趣，不过是想借机认识她那个美丽的朋友罢了。星期五的晚上，这个酒吧里来了一个有名的同性恋摇滚歌手，那个晚上，整个酒吧都荡漾着一种奇幻的气氛，男人们像是着魔了一样使劲地欢呼。没有等到散场，她就独自回了旅馆。大卫那个晚上没有回来。她在厨房里看书，一直到凌晨2点。

黑暗中，薛天佑给她发来了信息，问她在做什么。他始终把她当作一个知心的好朋友，即使他们不在同一个城市，即使他已经是别人的男朋友。悠安决定不再对他说太多的话，悬崖勒马，对自己坦诚；也不去以悲观的视觉窥探命运，成为一个飞蛾扑火的角色。

他对她说，维也纳太美了。“要是你们都在场就好了。”他给她发了他一个人的照片，维也纳的剧院、广场、鸽子、晴天、阴雨绵绵。她又看到了他乌黑的眼睛，他的笑容。

那一个夜晚，悠安很想念他。她的枕头边放着一本书，是她永远都看不完的《第二性》，翻开来，淡淡的干玫瑰的气息又回荡在这个夜晚。她是流着眼泪睡着的。几个月之前的一天，在巴黎一家深入地窖的古老餐厅中，他学着美国黑白电影的男主角那样，从一位身世可怜的卖花小姑娘手中给女孩们买花。只有白玫瑰与红玫瑰可以选择。茉莉挑了一朵盛放的红玫瑰。悠安为了搭配黑色蕾丝的裙子，挑了一朵白玫瑰。那个晚上，是她自大学以来第一次穿裙子，她也穿了高跟鞋，他们三个人吃完晚饭，又去了酒馆，悠安忍受着巴黎古老街头不平整的石头小路，想像茉莉那样优雅动人。她的双脚疼了一晚，她才发现，优雅是需要强大的忍耐力和自控力的，茉莉内心的韧性是从哪里来的呢？悠安不得而知。茉莉永远都胜她一筹。没有多久，那朵薛天佑送的白玫瑰就凋谢了，她至今仍然把花瓣藏在书中，带入了整个假期。她以为，这个冬天的假期会很安宁，她会跟着花枯萎的淡雅气息去平静地读完这一本书。它安静地陪她走了大半个旅途，她始终没有真正读进去一章。她是自由的，必须承认，直到此刻，她都是自由的。然而她却没有支配这种自由的能力。她看到的每一个陌生人，都似乎有与她相爱的可能，然而每一个眼神，都在告诫着爱的不存在。取而代之的，是仓促建立起来的瞬间，下一秒，这一切都可能落空。

空洞深邃得像繁星点点的苍穹一样的自由，从她出生开始就与生俱来的基因，来自母亲的性情，来自父亲的纵容。高三末尾的时候，父亲跟母亲离婚了，他的新妻子是个比悠安大不了多少的女人，用着父亲买给她的一切，住进了最繁华的江边的新家。新的妻子知道父亲爱自己的女儿，于是对悠安客客气气，毕恭毕敬。而她母亲远走高飞，去了美国。她是个坚强的女性，坚强得不需要依赖父亲。她是读着波伏娃长大的女人。悠安手里的《第二性》就是她从母亲的书柜中拿出来的。这本书此刻却无法给她带来力量。悠安自幼对温柔的男人和女人一直抱有深深的好感，在她年幼的时候，是一位笃信天主教的菲律宾女人带着她长大的，菲佣妈妈每天清晨和夜晚都净手祈祷，把一切收拾得干干净净，会讲不太流利的英文和粤语。对祁悠安来说，她才是她生命中母性的角色。而在祁悠安的记忆中，亲生母亲总是利索地安排好一切，然后在第二天清晨就坐上飞机去了远方，从来没有见过母亲下厨，也没有见过母亲为自己的女儿缝补裂开的校服。她很优雅，很聪明，内心强大，年轻时学的是外语，思想新潮，渴望探索世界，在那个年代，这是非常少见的。悠安越长大越明白，父亲爱她，可是抓不住她，因为她总是在远方。

因为聚少离多，小时候的悠安跟父母在一起时，他们总是努力让他们女儿感到恩爱的家庭气氛。悠安以为自己父母的婚姻是世界上最完美的婚姻。直到后来，她母亲云淡风轻地告诉她，她和爸爸已经“和平分手”时，悠安心里才有了隐隐的不安，这种不安是种奇怪的不确定性。那时，她甚至以为“和平分手”其实也是一段美好婚姻的一部分。长大一点之后，她开始质疑分离，陷入了矛盾，父母美好的婚姻怎么会有分离在当中呢？有很长时间，她都无法明白。那种惶恐不安随着时间才慢慢累积起来，直到母亲收拾了所有东西彻底去了美国，她才懂得了自己的父母永远都不会再成为正常的夫妻了。

她感到父母一辈子都在很用力地生活，用力得没有力气去顾及女儿的成长。她获得了大把大把的自由，也不缺乏金钱的补给。但让人虚脱的自由下面，她发现自己竟然成为一个没有勇气的人，像一个心灵有创伤的人。她埋怨这是父母离婚带来的负面影响。

“决定跟一个人在一起，是由于爱?”她问薛天佑。

过了很久，他回答说：“不一定，可能是机缘巧合，可能是命中注定，可能是在劫难逃……”

“为什么要那么宿命？那明明是你自己的选择。”

“当你遇到漂亮的人或事，是一种幸运。人生苦短，不要让自己后悔。”

“你和茉莉都是很漂亮的人，我都喜欢。”悠安开玩笑。

“你真的喜欢我啊?”坏笑的表情，半真半假地发问。

“我喜欢你，就像鲨鱼爱鲜血。”她也开玩笑。

“悠安，你是这辈子最懂我的人。”

“这辈子?”

“我知道，二十几岁谈一辈子不够资格。但此时我是这样想的。”

她此时最想念的，是薛天佑身上那种干净的感觉。他清澈的眼睛，他的洁癖，他苛刻的一些习惯，这一切构成了他的气质和情结。

她希望他的这种情结永远不被打破，在他身上长此以往，他能够如此下去，守候着一种信念一般的东西。

然而一个声音又从悠安心中出来，他和茉莉突如其来的爱情中并没有什么永恒不变的东西，它是如此仓促，跟所有突然牵手的普通恋人一样，让人迷惑。她仿佛看见他那个纯粹的形象正在一点点崩塌着，很快，他将不再是那个让人信赖的干净男孩了。她这样想着，试图告诉自己，他不过是个平凡人，有缺陷的人，他爱着的只是一个个变幻莫测的当下瞬间激荡的情愫。他从来没有想过爱是一座需要一砖一瓦建立的堡垒而不是随意堆砌的沙雕。

另一个声音又说：你只是嫉妒了，嫉妒那些坠入爱河的幸运儿。看啊，你连爱的勇气也没有，你多么孤独啊，孤独得要去评判别人的爱情。

两种声音在她心中交缠着，迷迷糊糊地睡去，又做梦，翻来覆去过了不安宁的一晚。

“悠安，你爱一个人，立刻去爱，不要等，不要后悔。趁可以去恋爱的时候，去恋爱。”清晨醒来时，她看到他的留言，这是那个晚上他说的最后一句话。她后来才知道，他那天失眠了，天亮才睡着。

第三章 | Chapter 03

是啊，一切在死亡；这世界是场大梦，
在中途偶然碰到些许的幸福，
我们刚把它拾起，像芦苇放在手中，
风就来把它吹去。
情人交换的初吻和盟誓
都是在树荫之下，都是在活石岩头，
风吹叶落，那树已经只剩下空枝，
岩石也在化为尘土。

他们短促的欢情所能指凭的见证

都是无名的星宿和那暧昧的苍天，

星星化为光热，自身在不断消沉，

天也在随时幻变。

——《回忆》阿尔弗莱·德·缪塞

1. 潘多拉魔盒

巴黎的初春，空气中甜蜜的花香——也许是男人和女人身上的香水，谁知道呢？丝丝缕缕的香气在冰凉透明的空气中荡漾着，逃脱着，像夏洛特甘斯布的声音那么脆弱又醉人。露天咖啡馆下的人开始多了起来，人们开始穿色彩明快的薄衣服，不再是冬天千篇一律的暗沉。公园里，街道上，阳台上，不知道从哪里来的花朵，一夜之间就开满了这个城市。明媚的晴天，碧蓝如洗的天空仿佛昭告着一切的罪恶和肮脏都被原谅了。即使有人在阳光照耀的酒馆里喝得烂醉或在明晃晃的公寓里偷情，也不会有人过来审判他。

悠安回到巴黎，没有告诉薛天佑和茉莉。这一个美得无法呼吸的自由季节，她再度孤身一人。她把所有的约会都省却掉，把所有的时间放在了漫无目的地在这个城市散步，要不就是把时光花在她的小画室里。她也没有画出什么像样的画，不过就在那里听着音乐发呆。

从交换学校回来后，他们都觉得悠安变了一个人。薛天佑和茉莉对她的缺席和改变感到生气，在他们眼中，祁悠安不再是以前那个没心没肺的假小子了。她变成了一个不解释又不说话，就这样默默退出了他们的生活的陌生人。她不再渴望时时跟他们待在一起，形成安全的联盟，去标榜自己有所归属。她不愿意妥协，不想成为那个无关紧要的第三个角色，也不再害怕流言蜚语，她甚至想，有没有人在身边都是无所谓的，一个人待着最是自在。看到那两个相爱的人，她竟然心中有说不出来的难过。她知道，没有人会懂她的心情。但没有跟人建立起深厚关系的她此刻是多么安宁，她被这个风起云涌的世界爱护着，一切故事都与她无关，却都被她知晓。没有挨饿受冻，暂时还不用为生活改变自己，只要愿意，不会有人来打扰。她只需要把每天的生活过好，按时吃饭，按时上课，还有什么好抱怨的?

只有在夜晚的时候，她会看见自己的软弱。是软弱让她退回到了独自的角落。

可是她佯装很快乐。在天气晴朗的下午一个人去了乔治·桑的浪漫生活馆，坐在那阳光明媚的花园里喝咖啡。浅绿色的房子显得清新自然，古典的居室已经被改成了博物馆，房子里回荡着肖邦的钢琴曲，经久不散。小苍兰和虞美人开满了整个花园，她知道，在这种天气里，下一秒，她将在脸书上看到薛天佑和茉莉美丽夺目的照片，他们可能在春天落英缤纷的公园里、在古老的广场上、在灯光璀璨的购物中心里，任何一个美丽的地方都会成为这对璧人的取景地点，无论怎么拍，他们都年轻美丽又上镜，幸福的笑容旁若无人地溢出，仿佛生来就是让人来为他们欢呼鼓舞的。而祁悠安，会装模作样得像没有看到一样匆匆划过，不会留言也不会点赞。其实是，她看到他们在一起的幸福模样，感到很不安，但又讲不出缘由。

茉莉试过约她出去，薛天佑也试探地跟她聊点什么。他们不想无端丢掉一个朋友，都含蓄地挽留过她。悠安却对他们退缩不前，借口推搪。一个骄傲的男孩和一个美人的尊严都来得太大了，大得容不下回一下头，用心看一眼这个也许是无关紧要的朋友。他们很快就放弃了，这三个曾经的好朋友联系越来越少。他们总是那么默契，又有相似的自知之明，骨子里都是倔强的人。

他们三个人的关系变得非常尴尬、微妙。有些人就是这样，在彼此了解之前先付出了感情，到了看清真相时痛苦不堪。他们依然会在学校见到对方，出于礼貌也会去打招呼，装着无所谓。这难道不是三个年轻人擅长的吗？他们最擅长这种矫情了，无法放下那一点可笑的尊严。

他们倔强地对抗着彼此的时候，布鲁塞尔传来了另一次恐怖袭击的消息，一时间，媒体又铺天盖地地报道着这则重大的国际新闻，对事件24小时的跟踪报道，对恐怖分子的谴责，对遇难者的同情，对警察的质疑……他们再一次被这让人震惊的事件吸引了注意力，暂时从自己的小世界中出来一下。

这一次很不一样，悠安没有跟她的两个最好的朋友在一起。她失去了去年11月的时候那种不必要却让人感动的依赖。巴黎恐怖袭击那一晚，她与天佑、茉莉在一起，彼此鼓励彼此取暖。不祥的事预示着一个不太平的时代的来临，他们默契地表达了应当更加珍惜彼此情谊的决心。悠安因为曾经那个可怕的夜晚而领略到了温暖的体验。然而随着恐怖的余温的消散，他们又变得肆无忌惮起来。

这一次只有她自己一个。悠安非常伤心地看着一张张毁坏的照片，一边疯狂地翻阅着他们一起经历的种种过往。一边看，一边哭；一边愤慨，一边伤心。不能掩饰地伤心。她多么希望她的朋友这个时候能说一句安慰的话，哪怕只是一句小小的问候和提醒。可是这三个人都没有主动去走出那一步。他们的友谊再次错过了这一个契机。悠安没有再等到他们的问候。事实上，不久后薛天佑和茉莉就去了巴塞罗那过小周末，在地中海明媚的阳光中，他们还是那么事不关己地幸福快活，仿佛永远不会有不幸的事发生在他们身上。

悠安输给了自己的倔强，输给了自己的软弱，有一些晚上，她甚至自责自己的不辞而别，抱着枕头哭泣。而白天，她还是保持着一个冷静的姿态，毫无意外地去上课、考试，在课间和同学们谈笑风生。

尹俪卿最先看出了端倪，她总是眨着大眼睛过来跟悠安谈心聊天，仿佛她捕捉到了一个极其生动的八卦线索。她看她一个人吃午饭，总是会试探地问："天佑和茉莉呢？"现在悠安已经不会脸红也不会生气，她学会了同样虚伪的笑，然后和颜悦色地说：“恋爱去了。”

是的，交换一个月回来，这一群留学生的形态已经发生了极大的改变，空虚的女孩们都在寻找着重磅的话题。最初，是白一珩和李韵诗分手的消息传来，男方再次劈腿的消息让所有人都谴责他，而李韵诗也哭得梨花带雨，宿醉了好几个夜晚。然而白一珩却依然故我地开着他的保时捷，载着他新交的法国女友玛丽安事不关己地出入各种曝光率极高的场合，用熟练的外语和外国同学谈笑风生，完全不顾及李韵诗的感受。其实所有人都已经知道他们的感情必然会以这样的结局收尾。过了没多久，李韵诗身边又再次围了一圈男生，然而这群留学苦读的穷学生却没有一个人再能像白一珩那样引起她的冲动。她还是孜孜不倦地经营着她人气越来越高的直播间。

有一次，悠安在学校走廊里看到玛丽安和李韵诗擦肩而过，又一次看到了女人的嘲讽，那种蔑视的笑容在法国的金发女郎脸上显而易见，伴随着跟女同伴刻意发出的欢声笑语在李韵诗身上落下几刀伤痕。所有的女生此时都因为铺天盖地的流言躲着李韵诗，只有一个矮矮胖胖的大家都叫不出名字的女孩愿意留在她身边。

悠安充分感受到了女人之间的敌意，因此死活不向尹俪卿透露任何想法，就算有时候她真的非常需要一个倾诉的对象。她太害怕冲突了。她一点儿也不生气，只是觉得好笑。不久的将来，所有人都会各奔东西，也可能是永不相见。这些人都太年轻了，还没有经历过什么非要低头不可的事，因此很轻易就有这种决绝的念头；他们也还不懂得互相利用、互相帮助，只是抱着自己的那一点自尊和情怀，念念不忘那自私的事。

直到有一天，一个消息传到了她耳边。

“茉莉的身世，你可知道?”陆盈盈在咖啡厅对悠安说。

“泰国贵族后裔，不是吗？大家都这么说。”

“可是你有亲耳听过她说吗？没有。对不对?”她凑近悠安耳边，说，“她的家庭很复杂，她妈妈是个妓女。”

“一点儿也不好笑。”悠安说。

“悠安，你怎么啦？我还以为你会喜欢这个新发现呢。毕竟，她可是带走了你的天佑的人呢。”陆盈盈睁着眼睛，表情中透露着一种挑衅。

悠安心里忽然像被某种异物堵着了。陆盈盈总是让她感到异常尴尬，而这种尴尬像擦边球一样，让她无可奈何又不能爆发。

然而这时她继续说：“薛天佑眼光不怎么样嘛，不但重色轻友，而且……”

“你不了解我们，有什么权利这样说？茉莉跟天佑相爱，没有错，轮不到别人评论。这跟眼光不眼光一点儿关系都没有。”悠安从座位上站了起来。

“哟，说得大义凛然。我没有权利说出一个事实吗？我只是告诉你一个消息而已。拜托，你怎么想是你自己的事，轮不到你来教育我，好吗?”陆盈盈靠在椅背上看着悠安失态。

悠安意识到了自己的过激反应，她跌回了座位，怒气在她心头。

“信不信由你了。反正不少人都知道了。”她摆弄着自己的头发，满不在乎地说。

“拜托你不要再向别人说好不好？再怎么说，那也是她的私事。”

“我才没那么无聊。念在我们曾经一起去派对的情谊上，我来告诉你而已。”

“你是怎么知道的?”

听到这个问题，陆盈盈凑近了悠安，说：“你没听说圣诞假期前国际战略课上的事?”

“没有啊。”

“茉莉在演讲的时候，班上突然有个叫孙西的女孩打断了全班人，指着茉莉说她是妓女的女儿，天生对男人很有办法。”

“什么？怎么有这么荒唐的事!”

“其实很简单，那女孩的前男友跟茉莉一起上课，后来向茉莉表白了，她不知道从哪里得来的消息，把茉莉的家庭背景都翻了一遍。”

“查一个人那么容易吗?”悠安幽怨地看着她。

“我不知道，那个女孩的怒火太大了，她动用了很多的办法。激怒一个这样的女孩是很危险的，特别是当她有这样的力气和你纠缠的时候，就别指望她们会讲理。你不能理解吧？但我觉得，茉莉就是这种天然自带被嫉妒的体质。她太好看了。”

“茉莉是怎么反应的?”

“她还是那样，不回应，面带微笑，镇定自若。你知道吗?就是因为她这样隐忍不低头的样子，激怒了孙西。”

“她根本没有做错，为什么要低头认错?”

“我没有说她错。只是说，中国人之间那些微妙的东西，茉莉并不懂得。例如那个女孩早前曾经找她聊，说她为什么要跟她前男友说话，又哭又闹，茉莉没有理会她。你知道的，茉莉的性格不是那种会安慰人的。”

“我不相信这种诽谤。”

“不管了，我就是告诉你一下。走了，再见。”陆盈盈说完了八卦，心情轻松地离开了。

悠安也渐渐了解到，女生中充满了关于茉莉不止一个版本的谣言。流言蜚语像病毒一样，悄悄在四处蔓延开。

有一天，在教室的个人储物柜前，有人打印了茉莉母亲的照片贴在她的柜子前。让人难堪的词语被人用红色马克笔写在上面。

有人告诉悠安，茉莉撕下那张照片，躲起来哭了很久很久。

没有人知道她那时的心情。

风波过后，茉莉还是那样安静隐忍，不对这些恶意表态。她并没有向悠安这个老朋友寻求帮助。女人之间的友谊有时候显得非常脆弱，像是一朵努力呵护却依然被雨水打落的樱花，不顾一切地坠入尘埃中。她们甚至不怎么联系了。

悠安不参与流言蜚语。她不愿意相信、也不愿意去看那些来路不明的照片。可是显然大家私下都被这重磅的消息吸引过去了。没有人愿意听悠安解释。身边的女孩们也心照不宣地知道了她、茉莉和天佑之间微妙的变化。

悠安选择远离人群。很难过的时候，就会跑去蓬托瓦斯（la piscine pontoise）泳池游泳。当她沉入深水中的时候，她清晰地感觉到被心魔惩罚。一想到两个曾经的好朋友，她就感到痛苦万分，心里好像打开了一个潘多拉的盒子，即使再美丽的事物，来到她这里都会变得暗淡无光。

离他们越远，悠安就越害怕，半夜也会忽然惊醒，疯狂地翻看着他们的朋友圈，捕捉着他们情绪的蛛丝马迹。她那么想他们，想告诉他们前方有危险，人群中的流言蜚语会带来伤害，然而他们已经成为陌生人了。眼泪就这样不知不觉地流湿了枕头，她像个心理扭曲的自虐狂一样一边躲着他们，一边沉溺在孤独的悲伤中。生命从来不惩罚那些勇气可嘉的人，那些狠狠地爱、放肆地拥抱生活的人只会得到祝福；然而躲在角落懦弱的人却不断受苦，因为他们连爱的能力都没有。

这个晚上，她再次误入一个中国留学生的聚会，人们再次玩起狼人游戏、喝酒作乐。这半年下来，谁都能看到这些女生的变化：学会了涂以往在国内大学里不敢尝试的口红色系，学着画报上的女郎把眉毛画得浓郁复古，把长发披散在肩上，像法国女人那样夹着香烟在一边吞云吐雾。陆盈盈看起来已经彻底从失恋中走了出来，此刻光鲜照人地跟男孩们谈笑风生。醉醺醺的人们歪斜地挤在沙发上，说着一些不在场的人的丑闻轶事。

“说真的，我很嫉妒薛天佑。”有人说了一句。

悠安听到他的名字不禁抬起头。众人在笑着，他们建了一个微信群，专门八卦茉莉的传闻，不堪的、难以言喻的传闻。他们把悠安拉进去，悠安又悄悄退出来了。

“那个泰国女孩身材很好。”有男生说。

“可是看起来不像是真的，她肯定是整容的。”有女生不怀好意地坏笑着。

“我就说了，一个人不可能那么完美。她肯定某方面有致命缺陷。”这些女生说得头头是道。

“她家的事，难道薛天佑不知道吗？”

“听说东南亚有迷魂术，你说会不会是薛天佑中了蛊？”

“我一早就觉得那个茉莉不是个什么正常的人。”

“哪有人天然长得那么好看的。”

“异国恋啊，好聚好散。到时候就互不相关了嘛。”

原先被女孩们当作羡慕对象的茉莉，绝对想不到在暗涌处藏了那么多恶毒的舌头，虎视眈眈地想要看着她从神坛上掉下来。这些人甚至都是半生不熟的人，甚至不了解任何事情的全貌，他们也不会去想，这种作为茶余饭后的谈资的诽谤会给别人带来什么伤害。他们只是轻易地被煽动起来，擅长用别人的难堪或痛苦来娱乐自己。

此时此地，一个无意的选择，命运把这一群年轻人聚在一起，大部分人都自我感觉良好地以为，这是一个自由的地方，自由得不必为任何一种价值观和言论负责。悠安坐在远处，笑不出来。她假装没有听见，越是假装，越是想上前去教训这些恶言恶语的人。她感觉到陆盈盈盯着自己，后背发凉。她觉得这个聚会里面的人都很俗气，很卑鄙，让人失望透顶。但她此刻却觉得有东西堵住了自己的胸口，她不知道怎么去平衡自己心中这种矛盾。她懦弱地想着，自己连捍卫友谊的能力都没有，也没有爱上一个人的勇气。她能做的，只是默默地离开这样的聚会。

2. 茉莉的秘密

临近期末的时候，薛天佑突然给祁悠安发来了一条信息。

他说：“茉莉生日了，来一起吃个晚餐吧，几个朋友都在场，你也来。”

陈述句。简洁大方。仿佛他知道她不会拒绝。他没有告诉她的是，他的父母来巴黎了。薛爸爸是一个长着一张鹰脸的男人，浓眉，有着让人退让三分的震慑力。他来法国看儿子，顺便请“薛天佑的同学们”吃晚餐。

圣奥诺雷街的巴黎勒布里斯托酒店。有另外四个人被邀请参加了这一个晚餐，陈铭峯、白一珩、尹俪卿，还有祁悠安。在气氛优雅的米其林三星餐厅，这几个年轻人有点拘谨，出于尊重，一开始所有人都小心翼翼地说话。薛天佑穿着休闲的西装和深灰色衬衫，那么儒雅，双眸还是那样乌黑。这是悠安几个月以来第一次跟天佑、茉莉面对面地坐在同一张桌子旁。他没有刻意跟悠安说过多的话，保持着恰到好处的若即若离。他如往常一样对待她，仿佛什么也没有发生一样。突如其来的邀请，尽管这样礼貌得体，悠安心里还是有芥蒂。茱莉坐在薛天佑旁边，他并没有正式向父母介绍他们的关系。所有人都没有主动提起，仿佛极有默契。

尹俪卿再次发挥了她独有的圆融的能力，非常自然地就跟薛天佑父亲攀谈起来。她一张嘴，总会让人觉得愉悦，凭着她这种能力，在场的人都感觉舒缓了不少。薛天佑的母亲姗姗来迟。她是一个柔如柳条的女人，顺顺的头发梳着一丝不苟的发髻，脸上画着南方女人特有的精致妆容，看不出年龄。她说话的时候，听得出声音受过训练，犹如泉水般柔软动听。悠安记得薛天佑曾经说过她年轻的时候是个小有名气的声乐歌唱教授。他很自豪有个美貌的母亲。在场的人无一不感觉到，薛天佑的家是一个传统的、典范类的中国家庭。

在场只有茱莉一个是外国人，所有人都为了她用英文交谈着。悠安禁不住时不时看她，她们眼神碰在一起，又迅速移开，仿佛有说不尽的话欲言又止。她看起来那么优雅，天生身上有种自由的气质，又让人感觉到她那不轻易屈服的信念……流言蜚语没有把她击败，她还是那个坚强的茱莉……

“我们见过在美国留学的孩子，比你们努力。来法国的你们，更有情义。天佑原先应该去美国，不知道怎么就是倔强，要来法国。遇到你们大家也是缘分。”天佑的母亲说。

美国跟法国气质是不一样的，美国是个霸主，无论如何总透着一股金钱时代的俗气，法国优雅贵气，然而有点没落，选了哪个都会遗憾。悠安喝下一口红酒。薛天佑父亲这时说："这位女同学酒量很好。"他微笑地举起杯子敬了她一杯。她看到他的眼睛，跟他儿子一模一样，那么乌黑，那么透亮。这个父亲，也许是这样教育他的孩子的："想到什么，就去做，不要后悔。"她忽然想起自己的父亲也说过类似的话："去做你想做的，不要怕。"

今天是茉莉的生日。早有准备的侍者过来送上了生日的祝福和一个精美的小蛋糕。

"谢谢你们到场。我是有中国血统的泰国人。"茉莉迟疑着，说得很慢。尹俪卿和白一珩交换了一个眼神，这个微妙的小动作被悠安敏感地看到了，她知道他们都听过了谣言。没有人说话，大家都竖着耳朵在听。茉莉一直很少亲口提及她的家人，她的身世一直是个谜。此时，在背地里的流言蜚语让人好奇。"我一直跟中国人有着不解的缘分……我会记得今天的。谢谢你天佑，还有天佑爸妈。"她没有再说下去，低头许了愿。众人递上礼物，她一一道谢。

像所有父亲的惯例那样，薛爸爸嘱咐在座的年轻人要好好念书。所有人都顺从地点着头。

添了一杯酒，大概有点儿醉了，一直没怎么说话的悠安说："最近我经常怀疑，念书真的有用吗？除非一个人出自真心想要出人头地，用自己的心力去赌一把，用全部力气去赌一个光鲜的人生，光会念书一点用处也没有。这个社会上大部分人，不都是摆脱不了原生家庭的影响吗?”

“我在曼谷的暹罗百丽宫附近做项目的时候，跟你们现在差不多大，靠蛮力赚了第一桶金。人一生的确要赌一两次，但不能一直赌，要靠实力。能安心当个学生，是幸福的事。能当好一个学生，也需要一点智慧。”薛爸爸意味深长地说。

“不必理会‘大部分人’，他们又不是你，代替不了你自己的人生。”薛妈妈微笑着。

看见悠安和父亲相谈甚欢，薛天佑敬了众人一杯酒。

他从来没有说过这些。这方面他跟茉莉很像，对自己的家庭缄口不提。他不屑于让人知道他家里的事。他一直像个艺术家，可他骨子里也有他特有的某种野心，这些野心对于一个艺术家来说太多了。他那看似民主的家庭似乎并不干涉他成为怎样的人。

在等待甜点的间隙，悠安起身上洗手间，尹俪卿尾随她一起。

“这不像一次家长见面会。”她说。

“什么?”

“茉莉不像一个来见男友父母的女友。”尹俪卿说。

“如果是正式地见家长，是不会邀请你跟我的。但他们是相爱的，你能看得出来。”悠安诚实地说。

尹俪卿耸耸肩。

这是悠安和天佑、茉莉两个月来第一次见面说话，她不想去揣测任何事情。她只是觉得自己太稚气了，她不理解的是，天佑和茉莉为何总是能处变不惊，对她表现出淡然的态度，仿佛是两个大人在原谅一个小孩的懵懂无知一样。

她们再度回到餐厅时，甜点已经上桌了。悠安和天佑点了同样的甜点，舒芙蕾，在阵阵冷气中已经塌陷了一点。她忽然觉得很忧伤，仿佛这是一个不祥的迹象。她很想安静地跟天佑单独地说几句话，像过去一样，像自己没有赌气之前那样。

天色暗淡下来，晚饭之后，送悠安回家的是白一珩，他们的家在同一个方向。坐在他的车上，看着塞纳河旁古旧的建筑，悠安闭上眼睛，在晚餐后的困意中试图平复自己的内心。

“你这两个月让他挺难过的。”白一珩突然说。

“谁?”

“天佑。”

“没有看出来。看起来他还是那样泰然自若，美人在旁，前程似锦。”

“他是个对朋友有情义的人。他在乎你，你没有感觉到吗?”

“他没有亲口跟我说过。”

“留一点自尊给一个男人。”

“为什么今天由你来跟我说这些呢?”

“作为你们的朋友，我多说了几句。今天终于见到你们坐在一起，我也挺开心的。我了解他。我只是看不惯自己的朋友彼此误会而已。”

“我没有选择的，我在他们身旁，总觉得自己像个第三者。”悠安闭着眼睛说，眼泪从她眼角流下来。

白一珩不再说话，他轻轻拍拍悠安，表示理解。

悠安跟天佑和茉莉的关系并没有立刻恢复。他们变得更加小心翼翼了。

直到两个星期之后，期末之前，有一天下午，茉莉把悠安单独约了出来。她戴了一顶黑色的宽檐帽，穿着小黑裙，白色的丝巾围在纤细的脖子上，像是《蒂凡尼的早餐》女主角。她总是这么不费吹灰之力就能如此优雅。在皇家路的拉杜丽，像所有久未谋面的老朋友一般，她们拥抱了彼此，而后面对面地坐下来。她的神色有点不自在，服务员还没有端上茶水，她就急急地说：“我想你帮我。”

“怎么了？”

“我想学中文，很迫切。你觉得三个月里我能不能把中文学得很好，如果很努力很努力的话？”

她有一点神经兮兮。服务员过来她也浑然不知。她们匆匆点了两份点心。她又迫切地说：“你帮我，好不好？”

“三个月，为什么那么焦急？”

“我想在课程结束后去一趟中国。”

“啊，跟天佑一起吗？”

“可能是。”

“那……太好了。”悠安很不自然地说。

“我想了解中国人。悠安，你是中国人，你应该可以帮到我的，对不对?”说完，她看着悠安，好像她能够给出极好的解释。

“中国人，很复杂呢……你要完全了解一个中国人，要花点时间……”悠安还没有弄明白。

“悠安，我很快就要去中国了，到时候我有大把大把的时间去了解。在我心中，那是个古老而复杂的国度，那里有我要找的东西。我必须要从现在开始学中文，要不然，一切就太晚了。”

“为了天佑吗?”

“不完全是，但这真的对我很重要，求求你……”

“好的……”口头上答应了，心里却有点颤抖，悠安不理解她为什么那样焦急。

“我们快点开始吧。”她央求。

悠安从来没有见过她的脸上有过这样慌张的表情。这一点儿也不像她认识的茉莉。

“茉莉，你怎么了?”悠安握住了她的手。

“求求你教我吧。我不能失去他，真的。我爱天佑，你懂的。”她好像快要哭出来了。

“我可以教你。”悠安说。

她忽然笑了，同时又眼泪汪汪。

那一个下午，悠安就毫无准备地在拉杜丽甜品店给茉莉上中文课。她那么真心诚意地想学，仿佛一个心中有无限渴望的单纯小孩子。但她又那么焦灼，看起来像是一个临时抱佛脚的差生一样。她们在那里天马行空地说了将近两个小时关于中国语言的事，直到最后她的手机屏幕亮了，天佑给她发来信息约她吃晚餐，她才急急忙忙地结束了这一天与悠安的见面。

“真的抱歉这么唐突地约你出来，我只是觉得只有你能懂。除了你，我真的不知道跟谁去说了。”告别时她说。

“我不懂。别以为我永远都会懂。你总是做这些突如其来的决定……”悠安想继续说什么，然而茉莉小鹿一样的双眼注视着她，她没有了说下去的勇气。

“悠安，为了之前的事，对不起。是我忽略了你的想法。请你原谅我……”

她高挑的身影在远去。过马路时有年轻的法国男人回过头看她，想跟她说话。可她那么心事重重，丝毫没有察觉到。

3. 缺席的真相

春天，花粉四处飘散。悠安的过敏毛病犯了，有一个星期，她几乎睡不醒，一醒来就打喷嚏。尹俪卿来看她，让她感到很意外，也很感动。自以为和尹俪卿并没有太深刻的交情，然而在这种时候竟是她来到面前关心自己。她总是很有活力，丰满的胸脯和性感的双唇让人感觉到一种呼之欲出的母性，悠安吃着她做的午餐，在这个早熟的同龄女孩身上感觉到了奇妙的关爱。她记得母亲曾经说过，圆润丰满的姑娘婚姻会好，说的好像就是尹俪卿这种。

“谢谢你来看我。”

“不要告诉我，我是第一个来看你的人？”

“是的。”

“你的两个好朋友真的没良心，对你置之不理。”

“不怪他们。”

“我看得很清楚。她根本不可能嫁给他。”尹俪卿凑近悠安，坐在了她的床沿。

“为什么?”

“因为茉莉太漂亮了。漂亮的女人婚姻都很难好。她的美，不知道怎么说，有一种流浪感。无论靠得多近，都有距离感。”

“但他们是天造地设的一对，是现实版的白马王子和灰姑娘，叫人艳羡。”悠安说，心里想起了流言蜚语，为自己说出来的话感到有种不自信的心虚。

“我不觉得是这样。”

“为什么?”

“他们俩是不被祝福的。”

“你说那一群人？啊，这个世上善良的人怎么那么少？你觉不觉得他们是无辜的，总成为话题对象？他们又没有主动去得罪谁。”

“这说不好，特别的人容易受到众人的审判。因为人们不喜欢异己。”尹俪卿眨了眨眼睛。

她临走时打开了悠安房子里的窗户，让新鲜空气进来，又看了看厨房里养的百合花，说：“你这个花也差不多枯萎了，丢掉吧。丢了你的过敏说不定就好了，也许你不能接触这种黄色的花粉。”她把花扔进垃圾盒子里，离开时顺手带走了。

果不其然，下午，悠安就不再昏昏欲睡了。

她给尹俪卿发了信息感谢她。

她回复说：“那么来印玺公园，我们在野餐。开了很多樱花，美极了。”

她差白一珩来接悠安。白一珩最大的优点，就是对朋友不计较。悠安又坐在他的敞篷跑车上，头发轻轻扬起。半个小时后，就来到了印玺公园。远远地看见薛天佑、尹俪卿、吉佩姬、陈铭峯、白一珩的新女友玛丽安和三两个外国好友，他们坐在草地上的毯子上。公园中是连成一片的粉红色樱花树，落英缤纷。

病好了，悠安又百无禁忌地喝起玫瑰酒来。薛天佑看了她一眼："酒鬼。"

“你把茉莉藏哪里了？一个星期没有见到她。”她问。

“她去上中文课了。”

“认真的?”

“为了薛天佑她能不认真吗?”陈铭峯没头没脑地说。

一阵风过来，樱花又落下几片。

“听说这是日本过来的樱花。有个传说。树上有个女妖，为了寻找爱情化作女人，最后遇到了一个异国男人，爱得死去活来，最后那个男人离开了，她就失踪了。”吉佩姬说。悠安都听得一身鸡皮疙瘩。这样的传说在吉佩姬口中说出来也会变成鬼故事。

“死了?”尹俪卿问。

“于是后来就有了《午夜凶铃》。”白一珩说。

“异国男人不就是薛天佑吗?”陈铭峯又开玩笑。但他的玩笑让人很尴尬。

这一天，薛天佑寡言少语，像是有心事。尹俪卿一定看出来了，悠安也看出来了。

和煦的阳光晒得人昏昏欲睡。悠安躺在地上迷迷糊糊似乎快要睡着了。做了个梦，梦中有一只松鼠过来偷吃苹果，她追着它跑，跑到了森林深处，看到了树洞中它的幼仔。它忽然发怒了，把幼仔咬得鲜血淋漓……她仓皇而逃……

醒来时他们看着她："这都能睡着，还做了噩梦。"

"她过敏刚好，嗜睡。"尹俪卿说。

4月末天黑得极晚。他们回到巴黎市区时有反对劳工法改革的游行示威。路被警戒线封了起来，远远看见警察投放烟幕弹，提着盾牌在街边站成一排，示威的人举着五颜六色的牌子在呐喊。这种事已经持续好多天了，声嘶力竭的人砸碎了银行的玻璃墙，在商店上喷上乱七八糟的油彩。

这群外国学生看了一会儿热闹，就各自回家了。

天黑以后，直升机的噪音响彻了上空，这时悠安隐约感觉到了不安宁的气氛。她倒了一杯红酒，靠在阳台上看着夜空，这个城市还是那么美，一如最初的那天从飞机降落时看到的场景。那个时候，他们穿着便装，提着沉重的行李，在接近子时的机场里等候着登机的广播。当她听到"巴黎"二字从广播中传出，竟然兴奋得不能自已，仿佛是一段未知而让人兴奋的旅途一般。空降巴黎的时候还是个清晨，天还没有完全亮起来，广袤的深蓝色天幕下，地上的人间灯光熠熠，星罗棋布。她在机舱里注视着这一切美好的未知，喜悦，兴奋，不知道如何是好。

迄今还不到一年时间，悠安却觉得过了好久好久。

今天薛天佑眉宇间有着微妙的、苦涩的神色。茉莉不在场，她怎么了？流言蜚语还没有影响到这一个小圈子，无论听到什么，今天在场的这几个朋友都不会参与攻击她。茉莉在悠安心中还是那个她，女神、缪斯、大美人。

“我想跟你单独谈谈。”薛天佑发来短信。

“什么时候?”

“现在。”他说。

他约她在她家附近的咖啡馆。

“你还好吗?”

“好。你呢?”

“最后两个月就要各奔东西了，时间过得很快对不对?”他突然感慨。

“是的，快到让人难以反应过来。毕业以后你去哪里?”

“没想好。可能会回国，我有很多计划，想去一一实现。”

“很理性，果然像是你的选择。”

“这一年的生活其实是有遗憾的。时间，过得太快了。”

“其实大家都羡慕你，即使在短暂的异国他乡的生活也能遇见这么美好的爱情。你没有遗憾，而大部分人都是独自来到这里走一趟又回去，什么都没有留下。”

“真的吗？我最近看见的是嘲讽。”他自顾自地笑了起来，有自嘲的意味。

“那就恰恰说明了是因为羡慕啊。再说了，谁敢嘲讽你？薛公子。”悠安笑。

“你知道我想说什么，我也知道你应该听说了。”

“你是知道的?”

“悠安，我从一开始就知道，在圣诞节之前。茉莉是无辜的，她没有做错。”

“那些事……是真的?”

“那些人说的东西，你信吗?”

“我只不过道听途说，坦白说，从没相信过。是假的，我不需要信，是真的，我又没有必要信。”

“谢谢你的坚定。”

“不用谢，我只是跟着自己的直觉。”

“悠安，你不恨茉莉，也不恨我吗?”天佑诚恳地问，神色有点忧伤。这句话，他一直都想问。

悠安没有想到，他会这样说。一下子，心里有了一种柔软又激荡的情绪。这几个月里，她都在想念着他，也在渴望着跟茉莉坦诚相待，可是她的希望与想念一直在落空。她想简单地说“不恨”，但她不能。

“我会对自己说，天佑，我对于你，你对于我，应该是很好的朋友。所以朋友之间应当互相信任，对于彼此又是自由的，你选择你喜欢的，我应当祝福，根本不应该有恨。而我和茉莉，是两个女生的事。只是可惜我们都不是依赖闺蜜的那种女生，我也不够忠心耿耿，于是很难做成真正的朋友。但我喜欢她，因为她独一无二，她很美，与众不同。而你们都是我在法国遇见的重要的人，很重要很重要，天佑，你不是不知道的。”悠安说这一番话的时候，感到自己身体里在颤抖，仿佛有台嗡嗡作响的机器，不断敲击着她的心脏。

悠安多么想大声地说：“我恨你们！非常恨，恨透了！”她想大声喊出来，也想把眼前的咖啡杯摔碎。

但她尽量用理智来说出了这一番话。

薛天佑看到了她颤抖的双手和她眼中拼命掩饰的泪水。

“对不起，是我不好。”他说。

“我最不想听的是你的抱歉。”

“你不了解我跟茉莉之间的事。”

“因为你们从来没有想过要跟我说。”

“你喜欢国外的生活吗？或者说，你将来有打算去哪里吗？”他转移了话题。

“我很知足了，在这里，虽然没有家人照顾，什么都要靠着自己，去菜市场买一大堆菜回家，自己做饭、洗衣服，还要写报告做演讲。但不是所有人都能出生在巴黎，又是名门望族，过着让人艳羡的生活。只有豌豆公主才会因为一颗豌豆而抱怨睡在二十张羽绒被上不舒服，而流浪的吉卜赛人随便搭个帐篷就睡了。我习惯随遇而安了。”

“但是，你将来还是会嫁人、成家，人生也有新的阶段的。那个时候，你要顾及家人，或者另一半、孩子……你总要慎重考虑将来去到哪里的。”

“我以前以为，爱情是大于一切的，‘他去哪里我就去哪里’，但是这种为爱情浪迹天涯的勇气，试问有多少人能有呢？大部分的人，是去了一个地方，遇见了一个人，时机刚刚好，地点也刚刚好，人竟然也刚刚好，不必豪情壮志地为爱情浪迹天涯，就得以永远不分离。你和茉莉，是在最好的时间最美的地点遇见最适合的彼此了吧？你们站在一起，就是一对璧人，一切都是刚刚好……”悠安自顾自地说。

“只有相同的人才能长久地在一起，有差异的人终将擦肩而过。”

“世界上哪里有一模一样的人？即使同是中国人，南方姑娘跟北方男生恋爱，也会有很多的不同。更何况，你们之间跨了一个国度……”

“悠安，你不害怕差异吗?”

天黑了下来。巴黎的街灯亮起来，窗外有赶赴派对的行色匆匆的路人。

悠安想起查尔斯，他也许是最不害怕差异的人了，神经大条，简单，直接。这些差异在他看来只会让他更加兴奋更加迷恋。

“也许你以前过着一种太精致的生活，你有很高的审美标准，你过着一种那么牢固而完美的生活，这种差异也许让你感觉不适应吧。像我，我一直都没遇见过什么完好无缺的事物，包括家庭，包括父母，我一直在适应着这破损的一切。天佑，差异对我来说并没有什么。”

“我们有一部分的事情，没有坦白告诉你。”他停顿了一下，向她说了下面的情景。

去年冬天，圣诞假期来临前。一个夜晚的放学路上，他跟茉莉肩并肩走在回家的路上。

“天佑，你长得真像我生父年轻的时候。”茉莉突然说。

“你父亲一定是个美男子，你这么好看。”作为朋友，他打趣地回应。

“我只见过他年轻的照片。我的成长没有父亲的参与，我还没有出生，他就回到了中国，从此没有了音讯，他甚至不知道这个世界上有我。我是他跟我母亲短暂的相处中，他留给我母亲唯一的东西。”茉莉从钱夹中掏出一张黑白照片。是白色锯齿的黑白证件照，一个英俊的男子，目光炯炯，二十几岁。

天佑看着茉莉。她又继续说话。

“妈妈很爱他，说这辈子遇见了他再不喜欢别人。你看过玛格丽特·杜拉斯的《情人》吗？一个法国姑娘和中国人的故事，很像妈妈跟他的故事。只不过，妈妈不是骄傲的法国人，她深爱他，爱得卑微。”

他们站在一盏街灯下，不再往前走。

“天佑，我想知道和一个中国男人相爱是怎么样的。”茉莉认真看他的脸。

“茉莉，你想说什么？”

“我想知道妈妈为什么对那个男人念念不忘，直到把余生也荒废了。天佑，希望你能告诉我，为什么？”

那个晚上，茉莉亲吻了天佑的脸颊。

没有牵手，没有拥抱，甚至不是恋人。

“天佑，陪我一段时间好吗？让我尝试爱上你。如果我们还没有爱上对方，到夏天，我们就分开。到时候，我会去远方。”茉莉说。

“她家庭的不幸，她只跟我讲。我希望能给她带来一段温暖。她像一个亲人，我想保护她。我们在爱丁堡跨年的那个晚上才决定真正地在一起的。那个晚上，她告诉我，她妈妈也是在一次跨年狂欢中遇见那个男人的。”

“传言，是怎么来的？”悠安听着他说了这一番话，有点恍惚。

“出自身边人之口。那个时候，我已经听过了一些流言蜚语。流言像病菌一样，总是潜伏在暗处，你不知道谁是真心，谁是假意。

我希望茉莉不会受到伤害，她是我的女朋友了，我希望给她支持。只是不知道流言那么凶恶。”

“我听过，他人即地狱。我并不怀疑。”

“对不起，悠安，没有告诉你真相。”

“你们让我看起来像个傻瓜，我甚至不知道自己算不算你们的朋友。”悠安茫然地想着这一切，没有头绪，“为什么不能告诉我？我们三个，可以一起对抗那些人。我也是你们的好朋友啊，为什么你们总是要孤立我……”她哭了。

“出于自尊心。悠安，茉莉一直羡慕你，跟女性天然的妒忌心不一样，她希望成为你。她羡慕你经历简单，身在幸福中却不自知。虽然她知道这一切是不能改变的。”

“原来每个人对自己的幸与不幸都不能清醒地自知。我觉得她是世界上最幸福的人，美丽、才华横溢，被你所爱。”悠安掩面。

“这世界上许多事，都无法从表面看透。”

“天佑，你爱她吗？”

“别问，悠安，别问。”薛天佑制止她。

“她像个亲人，我只想保护好她。”沉默之后，他说。

4. 月圆夜

4月末到5月初，期末考试一个一个地接踵而来，留学生们需要为实习做准备，他们的聚会渐渐变少了，投递着一份又一份的简历。

每个人都把离别看得很重。悠安却觉得心里是轻的，她知道她又重新回到茉莉和天佑身边了。即使他们三个人表面上还是没有再像以往那样亲密无间，可是心里却是彼此相连的。那一天跟天佑见过后，他们再没有提起，彼此默认了这个秘密。所有人都焦头烂额地忙碌着研究生的期末考试。

悠安在考场里碰到了茉莉，她看起来很安静，也很孤独。她看到背后不怀好意的人窃窃私语的神色。她们礼貌地打过招呼，若无其事地在自己的位置上坐下来答题写字。悠安总是忍不住去看她的背影。她还是一个那么美好的女孩子，天生有种淡定和疏离，仿佛什么事也没有发生一样。悠安在她的从容中感觉到了一种隐忍的坚强，她温婉的背影总是带着光，很安静，不打扰别人，却引人注目。

几天之后，一切都结束了。参加了十门考试的这一个月来，悠安消瘦了很多。那一个下午，她在昏昏沉沉的日光中回到公寓，蹬掉衣服狠狠地睡上一觉。她把遮光帘降下来，倒在柔软的大床上。然而睡得很浅，一直做莫名其妙的梦。

悠安又梦见薛天佑和自己在悬崖边上，背后的古堡是他的家。他开着车，要带她去一个地方。他那么勇敢，离开了他防卫森严的家，牢牢抓住她的手。他的手掌心那么干燥，骨骼那么有力；他的眼睛在夜色与月光中那么乌黑，那么鲜明、果敢，像个王子一般，像是她第一次见到他那样。他们奔下悬崖，仿佛没有畏惧……

她问他，天佑，我们去哪里？

他说，我们去找茉莉。

手机铃声把她吵醒时，房间一点儿光线也没有。荧屏亮得让她睁不开眼睛。6个未接电话。薛天佑。

她拨过去。

“想找你说说话。”他在电话那头的声音很低沉。

“你喝酒了？”

他不说话。男孩子的情绪不容易分辨，因为他们常常默不作声。

“告诉我，你在哪里？我过来。”

“在你家门口。”

悠安随意披上了一件衣服，急急忙忙地跑出来。在暗处，她看到天佑坐在楼梯上，用手臂支撑着头，她轻轻走过去，感应灯一下子亮了。他抬起头，脸色憔悴。她闻到了没有散去的酒气。

她故作镇定，把他搀扶起来，在楼梯上步履蹒跚地走到了她的公寓中。

他躺在沙发上，一句话也不说，悠安安静地坐在一旁，直到他睡着又醒来。天色慢慢暗了下来，她把落地灯打开，给他倒了一杯水。他终于说话。

“对不起。”他掩面，“我太失态了。”

“天佑，你怎么了？”

“茉莉离开我了。”他笑，“虽然知道是有期限的恋人，但还是很难过。”

“天佑，你爱她吗？”悠安又一次问了这个问题。话一出口，显得不合时宜。

他不回答。

“我不知道为什么遇见她。虽然一直知道，她不属于我。为什么离开了还是会难过。”

“你们可以一直在一起……当一对令人艳羡的恋人，长长久久地生活在一起……”

“别说了，悠安。”天佑制止她。

良久，他又说：“你知道什么时候才能真正知道你深爱一个人吗？就是想到跟对方度过一生的时候不会恐惧。茉莉没有爱过我，也许她只是心中有迷惑，想要去解开那些困扰。她说，她注定不是能够落地生根的命。她要去远方，只有这样，才能让她感到安全。”

“可她曾经那么焦灼，想为你学好中文，想讨好你的父母，想跟你生活在一起。这些我都记得，她所做过的努力。这难道不是爱一个人的表现吗?”

“她在尝试理解她的母亲，她的母亲，曾经遇上了一个中国男人，你知道的，那个男人，就是她的父亲。后来，他消失了。她想努力学中文，就是为了找到他。”天佑没有再说下去。

屋子里那么安静，能听到楼梯间隐约传来的脚步声。

“你说，我做错了吗？自以为能以爱情的名义拯救一个人。”他问。

“也许，没有简单的对或者错。我们都是不完美的人？也许你是善意的。天佑，从我认识你开始，就觉得你是个特别优秀的男生，有让人艳羡的家庭，和最漂亮的女孩子在一起，成绩优异……”

“悠安，你太单纯了，你看到的都是世界美好的一面。事实上，所有的事情只有当事人才能了解清楚。”

“茉莉没有再找我，天佑，也许她会把我忘掉。也许我资历太浅，她对我没有倾诉的愿望。也许她不信任我，也许因为其他。到现在，我越来越不了解她了。可能我们隔着一个国籍，一种语言……”

“不是的，悠安，茉莉喜欢你。她只是倔强。她不想失去自己的骄傲。”

“可是我们已经没有多少时间去消化这些骄傲了。很快，我们就要各奔东西了。我们才认识不久，就要别离。”悠安忧伤地说。

“有那么多因素会让一段关系死去。例如年龄差异、舆论、性格、自我选择……你看啊，这成双成对的留学生们，最终有几个能长相厮守？朋友聚了也散了。”

“不牢固的关系可以找到千百个借口。天佑，去年有一个夜晚，我在心里默默地许愿，要跟你、跟茉莉，成为一辈子的朋友。而你们把友谊变成爱情了。”

“我想我当时也有过情不自禁地喜欢过她，但永远觉得无法真正了解她。有时候，我也会像旁人那样，忍不住去揣测她过去经历了什么。越是这样想，越难受。我看到了另一个自己，一个挑剔的、不那么博大的自己，心中有把严厉的秤，会去揣测和试探。真正的爱情应该是不计较的……像《圣经》里面所说的那种，不自私的爱。”

悠安不知道说些什么。她低头随手点开朋友圈，在这期末考试结束的夜晚，此起彼伏的狂欢充斥在每一个人的身上，留学生们成群结队地聚会，合照，吃火锅，喝酒。那么狂妄，那么热闹，仿佛毫无恐惧。而她和薛天佑两个人，坐在安静的公寓中表情严肃地说着话。

悠安打开了音乐，取出葡萄酒，给自己倒了一杯。

“天佑，我希望你能跟茉莉心平气和地谈一谈。为了你们，也算是为了我，好不好？”她站起来，看着他的眼睛说。

他点点头。

“那就去，像个大人一样跟她一起做个决定。”

天佑没有吃晚饭，觉得胃疼。但他起身给自己倒了一杯酒，悠安没有制止他。

“夜里总是很想念中国的食物呢。来了欧洲，才知道自己国家那种乱糟糟的丰富是多么可贵。欧洲贫瘠又精致，是节制欲望的地方。”她看出了他的心思。

“是啊，此时在国内，不知多幸福。”天佑转过身，又问，“如果你是茉莉，你会怎么把持自己的人生呢？一出生，已经是破碎的局面。”

“我不知道，没有办法设想。但是我知道，人生处处有危机，一旦稍微过得大意一点，生命就会以各种各样的方式考验我们。但我知道，必须要头脑清醒地去为自己的生命负责，即使生命不是处处友善，甚至会在人心里留下创伤。但是，我们还那么年轻，还有很多的选择要去做，有很多事情要去学……”

“我希望你们都在我身边，我希望自己能捍卫自己喜欢的人。”天佑说。

此时响起了他们都很喜欢的一首歌，悠安大声地跟着唱了起来，装作没心没肺。其实她眼睛里面有眼泪，她以为他没有看到。

夜里，巴黎下了小雨，如水的春天冰冷的空气浸淫着每个角落。今天本是月圆的夜晚，可是月亮被云雾缠绕，看不见她的光辉，只有一片茫茫的黑夜和万千的灯火。这个城市那么大，那么美，让人狂喜，让人虚脱，让人无能为力，欲罢不能。就这样，这两个好朋友喝着酒，说着不着边际的笑话，折腾了一会儿，天佑再次在悠安家的沙发上睡着了。她做了茉莉本该做的事情：替他脱了鞋，取出毯子盖在他的身上，把灯光调暗。橘黄色的灯光与夜色中，这个睡着的男孩的脸庞那么好看，长长的上扬的睫毛，年轻的胡茬，即使是熟睡了，神色中还是带有着一点古典的神韵与忧愁，偶尔抽动的眉宇间的疲乏透露着一点东方年轻男子特有的敏感与仓皇失措。

悠安看着他熟睡的样子，眼泪再次出来了。

“天佑，谢谢你相信我，谢谢你记得我。虽然可能只是因为你此刻遇到了伤心的事……但是，这是我第一次为别人分担忧愁。我似乎有种错觉，你的事似乎就是我的事，我第一次有种很想为你平分一半痛苦的感觉。我多么希望时光倒流，来制止这一切。”悠安自顾自地在心里说。

这个情绪波动的夜晚，她非常希望茉莉也能在场，像以前一样，她极想听听茉莉是怎么想的；她想理解她不可理喻的从容，她想试探她的平和。她也希望彼此糟糕的友谊能够彼此搀扶着找到一条出路。她还在乎悠安这个朋友吗？漂亮如茉莉的女人，似乎是这个世界上最不需要友谊的一个物种：那么坚毅，内心强大，明知道这种艰难的事情不可能在年龄相仿的朋友中找到答案，干脆放弃尝试。她究竟经历过什么呢？她的冷淡静默和在悠安面前的这个年轻男人身上此刻的坦诚和脆弱，似乎是一种深刻的对比。他需要倾诉，需要一个可能帮不上任何忙的朋友，甚至容许自己的失态在这个束手无策的朋友面前暴露无遗。

悠安悄悄地披上大衣，轻轻打开门，走了出去。外面，雨已经停了，她独自走在湿漉漉的街上，乘地铁去了那一家四川人开的面馆。以前的一些周末，有好多次，从自习室出来的他们都会去这一家面馆吃饭，尽管每次都要排队，也还是抵挡不住这种家的味道。明晃晃的地铁列车摇摇摆摆，吹来凉凉的带着铁锈味的风。那家面馆门外还像往常一样排了一条队。悠安买了酸辣粉、炸酱面还有红油水饺，提着热乎乎的纸袋回了家。天空变得清朗了，她上楼梯的时候，从窗户外看见了一轮圆月挂在天空。

房子里灯光昏暗，薛天佑还在睡觉，但悠安进屋的声音惊动了他。他醒了。

“你去了哪里呢?”

“你想吃的中国的味道。”悠安晃了晃手中的纸袋。

她把热腾腾的晚餐取出来放在餐桌上，开了灯，屋里一下子明晃晃的。两个人面对面坐着，他们也许都想家了。

“谢谢你悠安。”他眼神疲惫，但声音中的感激是真诚的。声音，有时候是最不会骗人的。

“不谢呢。”

“有段时间的你让我感觉很难接近，我真怕你会越离越远。”

“怎么会……对了，我觉得，生活还是很美好的，对吧？在饿的时候吃一口就能让人幸福无比。”方才饥肠辘辘的空虚感慢慢地被填满了。

“还是中国的食物最好吃。”他脸上闪过了一丝笑容。

“是啊，但以前身处其中，没有很珍惜呢。”

她看着他吃，有种难以言喻的幸福感。仿佛那是她和薛天佑之间有过的最快乐的一个片刻。她为这种不知道从哪里冒出来的感觉而感到讶异，她甚至希望夜晚不要那么快过去。这时候的每一秒钟，仿佛都有它珍贵的、模糊不清的含意。

她想起了《春光乍泄》里面的一句台词，那是其中的一个男主角心中的一个秘密：“很多事情我都没有告诉何宝荣，我并不希望他赶快好起来，他受伤的那段日子，是我们最快乐的时光。”

哪怕，这种时光只有短暂的一个晚上。

他最后还是要离开。

“其实今晚过来还想跟你说，后天我就要回国了。新公司要启动了，父亲要我在董事会中亮相了。”他说，“我舍不得你们，但也很不情愿让父母失望。我也想这样离开一阵子，直到想起茉莉不再觉得难过。”

“天佑，再见了。”

“我会想你的，悠安。”

“祝你一切顺利。”

“希望我们会很快再见，悠安。”

他转身，消失在暗黄的街灯中。

5. 临时居所

几次告别聚会以后，随着学生们一个又一个的离开，悠安渐渐感受到这一个热闹的地方渐渐冷清。巴黎依旧热闹非凡，以每日的盛装接待着来自全世界的旅人与过客，巴黎人也依旧一边抱怨着生活一边陶醉在美酒中。只有这些生活了不长不短的时光、夹在过客与居民中间的留学生才倍感惆怅。如果说旅客跟巴黎之间只是无须负责的一夜情，本地人跟巴黎之间是漫长枯燥的婚姻，那么，这些学生则是跟巴黎拥有了一段极其美好的恋情。这段恋情的最美之处，是在于它逃脱不了必然要结束的宿命。年轻的他们蓄谋已久，有备而来，为了这一场相爱费尽力气，早已知道结局。即便如此，在离开的时刻，还是难过得让人落泪。

悠安没有立刻离开，找到实习工作的为数不多的人也没有离开。茉莉也没有离开，薛天佑回国后的第三天，她敲开了悠安的门。

她画着清淡的妆容，面料柔软的裙子是蒂凡尼蓝，面带笑容，彬彬有礼，让人感觉陌生。许久不见了，也许是感觉到了悠安脸上惊讶的表情，她站在门口一阵子，才进了屋里。以前，她都是像弹钢琴那样敲门，没等悠安开好门就像一只可爱的小猫一样灵巧地闪进来，笑着跟她拥抱的……

悠安泡了伯爵茶，跟她坐着聊天。寒暄了一下子，说了关于考试与生活其他的琐碎事。她说："天佑告诉我，你都知道这一切了。"

"嗯，茉莉，我知道了。但是，我并不了解你的心情。"

"谢谢你还一直在为我说话，我知道的，背后有很多不善意的攻击，我能感觉到，悠安。"

"你接下来会去哪里？天佑说，你并不想要安稳的生活。"

"悠安，我想请求你一件事。"她睫毛低垂，手中捧着茶，低声说着。她还是那样美得让人窒息，悠安甚至有点不敢相信为什么薛天佑会有理智不去爱上她。"我想搬过来跟你一起住，可以吗？我有个旅行计划，需要很长时间来完成，我要节约点。"

"来吧，茉莉。来我身边。"悠安说。

"谢谢你。"

"你要独自一人去走这趟旅途吗?"

"旅途上，会遇到好多好多的人，不会是自己一人的。悠安，我没有家，去哪儿，都不要紧的。"

她眼眶却忍不住变红了，下一秒，她又笑了。悠安没有见过这样的笑容，像是来自遥远的故事的一个回声。

“悠安，我妈妈是位性工作者。或者，在各种各样的传闻中，你听到了各种版本。直到三年前，我才知道我的父亲是谁。”她哭了，“要说出来，真难啊。”

一道阳光这时照进屋内，她栗色的长发上散发着光彩，苍白的脸像一片掉在光中的莲花花瓣。

“我接下来要跟你说的这番话，你千万别以为我在埋怨她。事实上，对我来说，她是个很棒的女人，我为我是她的女儿而自豪。生活最艰难的时候，她都给我穿好吃好，送我去最好的学校念书。她自己没有念过什么书，但一直告诉我，女孩子要好好念书才不会被人欺负，做人要干净，不能骗人。但是生活没有放过她……”她故作坚强地说着，却忍不住一阵阵颤抖。

“我很小的时候，有一次，她在警察局夜晚回不了家，就打电话骗我说，‘妈妈今天要工作到很晚，但给你准备了一个梦，你要去睡着才能看到哟……’我是一个从小受到邻居的奇怪眼神打量的女孩，他们都说我是妓女的女儿。我很早熟，我很小的时候就知道她口中的‘工作’意味着什么。她为了生活，为了供我念书。有一次，我跟她说：‘妈妈，我不上那么好的学校，你不要工作了好吗?’她哭了，扇了我一个耳光。你看，她就是那么倔强的一个女人。后来再长大一点儿，她就有意识地把我从她的生活隔离开了。我从初中开始就上寄宿的私立学校，一年半载都不回家一次。印象中，妈妈总是跟别的女人不同，她总是打扮得很漂亮，有时候看起来过分漂亮了，每次这样来学校看我，连我的班主任都会用奇异的眼神打量着她。一直一直，我唯一的愿望是，快点长大，自己去挣钱，让妈妈不那么辛苦地工作。可是，妈妈在我大学毕业那一年过世了。她死的时候很惨，得了一种奇怪的病，被折磨得体无完肤，一直被隔离着，直到她被送进了火化场，我都没能得到允许见到她一面。”

悠安安静地听着，她的心跳极快，一种难以承受的难过布满了她身上每一根毛细血管。茉莉美好的容颜被泪水摧毁着，被遗憾与无助击溃着，她似乎费了很大力气说出了这些事。她的故事让一个聆听者也难以承受。悠安握着茉莉冰冷的交缠在一起的双手，默默地听着她哭泣的声音弥漫在这个安静的午后。一束阳光中飞舞着细碎的尘屑，这个世界暗地里的风起云涌让人那么空虚，像是捕风一样。

良久，悠安缓缓地说了一句笨拙的安慰：“我相信你妈妈会一直看着你，她会希望你，去过一个很好的人生……”

“妈妈生我的那个夜晚，闻到了院子里的茉莉花香，所以她给我取了‘茉莉’这个名字。我是她唯一的孩子，把我生下来，是一个奇迹。我的生父是个中国人，和妈妈没有正式的关系。妈妈曾经想放弃，我出生的时候，很久都不哭，帮忙接生的姐妹都以为我死了，就把我倒过来，打屁股，我过了很久才放声大哭，哭了很久。妈妈说，我哭完之后，茉莉花就开了。她说生我的那一个夜晚很累，可是她抱着我一整夜都舍不得睡去，茉莉芳香四溢，直到清晨依然鲜活，布满了夜里偷偷落下的露珠。

“妈妈临走前，已经不太清醒了，还念念不忘通过对讲机跟我说：‘女孩子要读书才不会被欺负。’瞧，她就是这么个傻乎乎的女人，没有上过很多学。可是绝对是个善良的女人。毕业以后，我工作了一年之后，有一天，突然有一个男人找到我，说他是受我亲生父亲委托，来给我补偿。他代生父向我道歉，后来他问我目前有什么想要去完成的心愿他会帮我转达，例如买一套房子，买一些名贵手袋什么的……我想也没有想，就脱口而出说：‘想去远方，继续读书，像妈妈所说的那样。’他资助了我来这里读书。他因为愧疚，给妈妈的骨灰立了一个墓碑。但这一个人，从未出现，他永远像个幽灵一样隐藏在暗处。我只有他一张照片，是二十几年前年轻时的样子。除此之外，我什么都不了解。

“我早已经历过最极端的情况，无论遇见谁发生什么事，再受到什么伤害，我都将不再害怕。悲伤的记忆会跟随我一辈子，但是我又毫无根据地相信，妈妈一定会在天上看护着我，不会让我再受伤害。

“悠安，我注定要去远方。一直往远处走，不能回头。一回头，我就能看到万丈深渊。我的身世，我的父母，我背后的一切。如果日后有人问起关于我的事情，你就如实告诉他们。我不是他们口中说的什么名门望族，一点儿也不是。”

天佑说，茉莉的母亲，爱着一个中国男人，爱到荒废了生命。

“就连天佑那样的男人，也没有办法让你停下吗？”

“如果一切完好无缺，遇见天佑，可能我会爱他。”

“天佑是个温暖的男人，他替我保守秘密，他一直了解我的痛苦，却不会多问。我们保持这种简单的恋人关系，没有想逾越一步，像是个不言而喻的约定。他一直站在明处，有着难以置信的温柔。他从没有让我觉得自己卑微，我心里有种坚硬的东西，用来保护自己。在他这里，我不必这样。他就像一个亲人，从第一天见到他，我就觉得他会懂。”

悠安似乎慢慢地理解到她在茉莉和天佑身上感觉到的那种相似的感觉。他们都是同一种优雅得体的人。这种得体，似乎与生俱来，即使悲伤，也不会过分表露。

“茉莉，在我眼中，你是这儿最美丽的女孩子，你会在夜晚里芳香四溢，你会勇敢地等来早晨的太阳。跟你相比，别的女孩子都黯然失色，男生都为能跟你站在一起而骄傲。这都是我一直想跟你说又没来得及说的话。”

“悠安你真好，能遇见你真好。你不讨厌我，你真好。”说完，她哭了。

她一直很坚强。这时，她哭得很伤心，哭得不顾一切。哭了很久很久，眼泪打湿了她的裙子。

白色满天星和紫色的勿忘我上披着夕阳的余晖。茉莉像只小猫那样蜷缩在棉毛沙发上，细柔的血管从洁白的小腿透出，脆弱易碎，身上散发着甜冷的香水气息。悠安无法对她的美视而不见。她身上，不知道为什么有一种与生俱来的纯洁感，以及无处安放的倔强。

如果自己是男人，一定会希望能够拥吻她，悠安想。但是拥吻有时候跟生活在一起是两码事。人们有时候可能会想去拥吻一个陌生人，却不太会轻易有冲动跟一个人生活在一起，共度一生。一生，听起来是多么长的光阴，冗长而无趣，要付出长久的忍耐。

“茉莉，来住在我家吧。我自己在这里好孤独。你来了，我该有多高兴啊！”

5月，茉莉从1区的公寓搬到了悠安家。原本的小画室房间中，桃木画架被放到了阳台上，五彩斑斓的颜料被收了起来，5月的蔷薇花开了，长出绿芽的爬山虎也蔓延到了窗檐，茉莉和悠安从周末市场里抱回来一大捆鲜花，小房间被布置成了一个充满女气的卧室。

天佑似乎从她们的生活离开了，她们不知道他会离开多久。他的音容笑貌、喜怒哀乐都被隔绝在亚欧大陆的另一头，晴雨与季风都无法穿透的遥远距离，只剩下时差的静默和断断续续的记忆，悠安在夜里想起他，心中有像捕风一样的空虚。

茉莉的生活很简单也很规律。她常常坐在阳台前发呆，可以坐上一个下午。她心里总是有想的事，却不习惯开口说。悠安了解到了她依赖着褪黑素控制作息。悠安有时候会在夜里听到哭声，也知道那是茉莉在夜里不能让人了解的脆弱。

有个冰凉如水的凌晨，悠安醒来。她心里隐隐觉得不安，赤脚走出房间，看见落地窗外，穿着轻薄衣衫的茉莉，站在月光下，长发披散至腰际。她以为自己在做梦，因为眼前的场景，有点诡异和恐怖，像是电影中某个不祥的场景。她躲在门后看着茉莉，很害怕她会纵身一跃。然而茉莉只是那样安静地站着，看着远处的灯火，幽怨又不自知。

第四章 | Chapter 04

请你记住，当惶惑的黎明
迎着阳光打开了它迷人的宫殿；
请你记住，当沉思的黑夜
在它银色的纱幕下悄然流逝；
当你的心跳着回答欢乐的召唤，
当阴影请你沉入黄昏的梦幻，
你听，在森林深处，
有一个声音在悄声低语：

请你记住。

请你记住，当各种命运

逼得我与你终生永别，

当痛苦、流亡和无穷的岁月

迫使这颗绝望的心枯萎；

请你想到我悲哀的爱情，崇高的永诀。

当人们相爱时，分离与时间都不值一提。

只要我的心还在跳动，

它永远对你说：

请你记住。

——《请你记住》阿尔弗莱·德·缪塞

1. 美人鱼

巴黎的雨下了整整一个星期，让人苦闷。屋子里充斥着一种又潮湿又阴凉的安静气氛。6月到来后，悠安过得非常堕落，期末考试结束后放纵了自己的作息，生活日夜颠倒了。狂欢派对已经没有了，她常常一个人自得其乐地听音乐看电影到深夜。她渐渐感觉到，茉莉的情绪有点反复无常，她有时候会高兴得眉飞色舞，有时候会忧伤得一言不发；她也常常失眠，靠吃褪黑素睡觉。除了这些，大部分时间里她的生活是井井有条的，无论她在夜晚睡得好不好，她都会在清晨出门，悄无声息得像一只猫。她似乎也并没有什么朋友，常常是独自一人去蓬皮杜图书馆学习中文和准备论文。她的房间也总是干干净净的，有女人住过的气息，写着中文字的彩色卡片密密麻麻地贴在墙上，玻璃瓶中总是养着新鲜的花束。

天气终于放晴了。虽然是半夜才睡去，悠安还是在一大早就被灿烂的阳光刺醒了，天空是地中海的蓝色，她几乎从床上蹦了下来。

厨房里有茉莉给她留的水果和燕麦面包，她随意啃了几口，思索着这一个晴天能够去哪里。悠安随手翻看着邮件，一家法国的珠宝公司给她发了实习面试准备，最近投的简历终于有了回音。她兴奋地拨通了母亲的电话，才发现美国现在是凌晨3点，母亲早就睡觉了。这时她父亲的年轻妻子小颖却来问候她，想知道悠安什么时候回去，问需不需要些什么她好寄过来。悠安来留学以后，她常常会寄点面膜零食，凡是女人需要的东西她都会想得到，悠安想起了自己常常跟她说话的态度极差，小颖姐却从来不说什么。

以前，看着她这样，悠安心中有时有暗暗窃喜的念头：只要自己一天是爸爸的女儿，她就要忍受一天。睡梦中悠安还是会叫喊自己的母亲，她流着泪让她别走，可是母亲微微一笑就离她远去了。如果没有什么太要紧的事，母亲也不怎么会和她联系，更不会想到给她寄点什么，好像认定了悠安必定会生活得安然无恙似的。

今天倒是有一个给茉莉的包裹寄到了，来自中国。她小心地把它放在茉莉房间的桌子上。

下午5点，茉莉给悠安发来信息："今晚听说是欧洲博物馆之夜，我们一起走走吧，多穿点。"她把碰面的地点发了过来。

天气还是有点凉，走到阳光照不到的地方悠安禁不住打了几个喷嚏。茉莉神采奕奕，她似乎心情格外好。米色丝巾在头上挽成了好看的发带，有质感的墨蓝色丝光棉衬衫搭配天然麻布料的宽脚裤，走起路来仿佛自带光环。她一边走一边对她说："真不敢相信我们来巴黎一年时间了，竟然还没有去过卢浮宫，今晚有演出，你知道吗？一定热闹得像赶集一样，我都特意穿了平底鞋。”悠安透过她的褐色墨镜若隐若现地看到她满怀期待的眼睛。难得她那么快乐，因为晚睡而精神不佳的悠安也情不自禁被感染了。

整整半年以来，悠安除了在脸书上看到过关于查尔斯的只言片语之外，再没有跟他联系过。她以为他已经退出了自己的生活，从此再不往来，谁知道这个博物馆之夜，在摩肩接踵的卢浮宫中，她竟然又遇见了他。啊，这个男人！在中世纪艺术的画廊，他从饰满金箔与群青的宗教画幅中朝她们走来的时候，让人觉得眼前一亮。他整个人都变了，还是个笑容干净的射手座大男孩，还是那个有着孜孜不倦的热情和孩童般的好奇心的大男孩，却不再是那个悠安所熟识的喜爱派对交友的浮躁男生。他步入了职场，头发理得很短，穿着藏蓝色的长袖衬衫，笔挺的西裤把他的身材修饰得潇洒倜傥。这个金发碧眼的男人还是那么帅气，在人群中轻易就能辨认。

他赤裸着上半身在月光中拿着一瓶酒向自己走来的模样在悠安心中悄悄一闪而过，她忽然难以避免地感到心头一紧的羞臊。出于节日的热闹，她没有在那个场景的回忆中停留太久。查尔斯避开穿梭的人群，绅士地邀请她们走到窗边，保持着一个礼貌的距离攀谈起来。悠安简短地给查尔斯和茉莉介绍了一下彼此，聊了一会儿，转身却找不见与他一起来的朋友。他看着汹涌的人群放弃了寻找他们，带着这两个东方姑娘去看一些有趣的东西。他在前面开路，她们跟着他走。在一个展厅里，一群表演系的学生开始在馆内做行为艺术，穿得五颜六色，画着浮夸的妆容，投入地扮演着一些神经兮兮的艺术家故事，大胆的举动引得人群不断跟随和起哄。另一个展厅里，几位穿着白衣裳的年轻男女在做提琴合奏，他们化着苍白纯洁的妆容，如同爱琴海旁的希腊男神女神。馆内的人不能再多了，为了不走丢，查尔斯向她们伸过了双手，他们拉着手走出了人群。悠安心里忽然感到，这个场景似曾相识。是的，在伦敦，在伦敦的那一场雨中。她忽然有种时空交错的感觉。可是这个5月夜晚里的法国男人跟12月雨水里的那个中国男人不一样。这个英俊法国男人笑容干净、温文尔雅，可是悠安拉着他的手就如同拉着一个好朋友一样，坦坦荡荡。可是在伦敦的时候，她拉着的那一双手，却让她感到心跳加速，生怕丢失了。

从卢浮宫出来的时候，天已经变成了深邃的蓝色。查尔斯建议去喝一杯。在出口的玻璃金字塔大堂里，恰好遇到了跟他一起来的两个法国男生，棕发白肤的名叫瓦伦丁，黑发棕肤的叫昆汀，都很高挑，脸颊的胡茬和发达的肌肉透露着一种运动和狩猎的感觉。他们一起走在了1区的街道上，夜晚凉风习习，街上的小酒吧非常热闹，坐满了喝一杯的人儿。巴黎的生活还是这般安静美好，用不着为往事彷徨。灯光中能看见茉莉脸颊微微发红，悠安忽然很想知道，她是否想起了伦敦的那个场景。她不理解的是，她跟天佑为什么能这样轻易地、不留痕迹地分开。她的脆弱似乎都搁在心中某个房间里，那个房间，也许就是她所说的坚硬的地方。

查尔斯还是那样健谈，时而看着悠安，时而看着茉莉，他总是轻而易举地迷恋来自异国他乡的女人们。悠安对他的这种嗜好感到又好笑又迷惑，不禁对他的心思好奇起来。他在巴黎圣日耳曼足球俱乐部找到了一份实习，大大小小的友谊赛让他可以结识到来自世界各地的运动选手。在实习的后期，他还可能会前往里斯本两个星期，此时他在学习葡萄牙语。他在描述这份工作的时候，碧蓝的眼睛透露着真诚的光辉，仿佛在描述着一个梦想。他骨子里有着一种优雅和兽性，这两种看似互不相容的元素在他那里得以毫无异议地结合着。他那么善于挑逗，引得茉莉不停地笑着。说不出为什么，这个时候，悠安觉得茉莉不再是个东方的女人，她那么放松，仿佛没有负累。她在这些法国男人面前不再有含蓄与拘谨。跟天佑在一起时，茉莉常常安静而内敛。悠安忽然意识到中国男性身上特有的一种古老的控制欲会使得女人情不自禁地矜持节制。而法国男人，总是用尽力气使女人放松，让她们释放自己。茉莉的笑容在这个夜晚里无拘无束，天真中带着无助。悠安看到她的门牙很好看，中间有一条细细的缝，是个独一无二的缺憾。法国人活在当下，坦坦荡荡地分享片刻的欢愉；对于别人的烦恼，他们是极其吝啬自己的情感，不像东方人，时时不活在当下，转身却总会愿意把别人的笑与泪都扛下来给予安慰。

查尔斯送她们回家。车里的音乐都换成了欧洲古典音乐，他打趣说自己工作之后变成了一个老头子。到了悠安家楼下，他打开车窗让音乐散发在夜凉如水中的街道上，舒伯特的小夜曲缓缓沁入心灵。查尔斯跟茉莉各自抽了一根烟，他们三个在街边这样站了一会儿，看着交通灯安静地亮起又灭掉。贴面礼后，他告别了，叮嘱要跟他联络。

“悠安，我想起我的父亲了。你知道吗？昨晚，我梦到我去了机场接他，机场空无一人只有我在等他，但他始终没有出现。最后天佑来了，他跟我说，回家吧。”回到家，茉莉坐在阳台上说。她们看到了巴黎的夜景，星星点点，古老的灯火。

“你会常常想起他吗？”

“不会，即使想，也是毫无根据的，因为没有正式见过他。但我感觉到他，即使他在暗处。”

茉莉在悠安面前拆了包裹，是天佑寄来的。里面有一份礼物，以及一封简短的信。

“虽然我们不再是之前的那种关系了。但我还是要跟你说一声对不起，对不起没有答应你的要求，茉莉。”他在信中写道，“我不能帮你去找那一个人。那个人，从你出生开始，就没有给过你什么。他藏在背后黑暗的沼泽中，你越是往后看，就会陷得越深。如果我是你，我会一直向前走，走到那个过去无法伤害到自己的远方。如果你需要帮助，请告诉我。”

“你学中文，是为了去找你的父亲吗?”

“嗯。”

“可是为什么呢？他完全不值得你去找。”

“不知道，以前我从来没有过这种想法。可是有一天，这种念头在心里面出现之后，就没有办法消除，像一颗种子遇到了土壤，越长越大。我希望天佑帮我。我也知道这件事困难重重，如同大海捞针。他拒绝了，那天我们都很生气，把联系方式都删除了。”

“他只是希望你好，茉莉。”

“我知道。”

“如果你要去找，会付出很大的代价……”

“我知道。”

“我希望你好，开始自己的新生活，我想天佑也是这么想的……”

“够了！够了！你们没有一个人能理解！你们都有自己的爸爸，当然从来没有想过去找他！我宁愿去死……”她忽然哭了起来，双肩抽搐着，把信撕碎了。

悠安被她突如其来的情绪吓着了。

“对不起，让我一个人冷静一下。”茉莉回到了她的房间，重重地关上了门。

她的房间传来了音乐。

直到深夜她都没有睡去。

2. 星空

没过几天的周四，查尔斯打电话邀请悠安和茉莉在周末去看看卢瓦河的城堡群，只有他们三个人。周六早上，查尔斯开车来接她们。他穿了一件白色衬衫和卡其色的裤装，显得很瘦。悠安很意外他的邀请，法国大部分年轻人不太会跟朋友在周末跑去看建筑，他们更多地喜欢和熟悉的好朋友待在家里喝酒聊天。

“谢谢你带我们去。”她挺感动的。

“不用谢，我也没有去过。”他有点腼腆。清晨的巴黎街道不算拥堵，车很快就离开了市区。他从口袋里翻出了一张清单，上面用法语写了要去的地点以及每个地点的关键词。他用好看的花体写出来，关键词就用略小的正规体写的国王皇后的名字或者是建筑时期的备注，显得非常细心。一共5个地点，是一些动听的名字：尚博尔、布洛瓦、香侬索、丰泰夫和索米尔。悠安和茉莉都不太了解它们的历史，然而这两个感情丰富的女生，凭着想象力，好奇心一下子被燃烧了起来，对这些刻满故事的神秘古老建筑群十分期待。一下子，话题转变成了皇室糜烂的生活与吸血鬼的故事，查尔斯看着她们两个脑洞大开，一直咯咯笑着。悠安再一次觉得这个场景有点熟悉，也是三个人，也是她和茉莉，只不过男生却换成了查尔斯。这一闪而过的念头让人伤感了几秒。

途经大型超市的时候，他们下车买了红酒、奶酪和水果。查尔斯在开车，悠安在后座用带来的酒杯喝酒。茉莉不喝，她静默地看着窗外，偶尔跟查尔斯说一两句话。开了一个多小时就到了尚博尔城堡。阴天，模糊的暖阳透出一点儿光，有两个男人穿着17世纪骑士的服装在城堡面前延展的草坪上骑马。马匹很高大，皮毛光滑，分别是枣红色与黑檀色。查尔斯带了照相机，他总是趁着女孩们不惊觉的时候按下快门，像个摄影师。出于女人的直觉，悠安敏感地发现了，他更喜欢捕捉茉莉的一举一动。她悄悄地看在眼里。茉莉今天一如既往的优雅，穿了黑纱蓬裙以及洗旧的牛仔外套，丝袜把她消瘦的小腿紧紧包裹着，并不矫揉造作，也不刻意讨好，就是那样有点疏离、有点安静地看眼前这一切陌生的景象。不过，不像以前的那个耀眼的女人，她性格更内敛，更小心翼翼了，对一切都保持着距离。悠安现在什么都让着她，很害怕她再受点什么刺激和委屈。悠安也知道她一切都不容易，她觉得她很美，这样的女子，应该是在镜头前在银幕上在鲜花簇拥中的，她对美丽的理解也许有点狭隘，她也从没有对一个女性有过这样的保护欲。行走在这个阴阴森森的古堡中的她，没有温暖的家，没有一个爱护她的人。在历史中被掠夺一空的空空荡荡的皇宫中，茉莉从旋转楼梯的阶梯中缓缓往上走，仿佛一个超凡脱俗的女神一般，她那么孤独，那么沉寂，仿佛有最忧伤的钢琴曲环绕着她，她一只纤细的胳膊扶着扶梯，悠安和查尔斯都驻足看着她，查尔斯这时取出相机，把她天鹅一般的身姿记录在记忆卡中，这时，她忽然回头，看到他们都在看着她，露出天真的不解的神情，像一只无邪的小猫一样。

“你从哪里来，住在哪个城市呢？为什么以前我从没有看见过你。”在尚博尔堡的顶楼平台，他们看着一望无际的草坪，查尔斯低头问茉莉。

“泰国曼谷。如今在巴黎，和悠安一起。”茉莉说。

天空乌云密布，和古旧的城堡非常相称。路人频频回头，也许因为这三个年轻人很好看，也许因为这两张亚洲女性面孔。他们并没有过久地逗留，也没有确切地了解这栋古堡的历史，就离开了。他们只有一个周末的时间，行色匆匆，仿佛只需要到过，留下模糊的记忆就已经满足，时间会推着他们去往下一个地方，无法抗拒，像潮水一般涌向一个逼近死亡的未来。悠安喝了酒，昏昏沉沉，然而感觉异常敏锐，她似乎察觉到了查尔斯微妙的心思，他迷恋来自异国的女人，可是她已经不愿意理会。她清楚地知道自己不爱他。任由他追逐他所爱的，任由他承受他命中注定的。作为一个局外人，根本不需要担忧。悠安越来越明白，只需要享受当下的美景与酒，就已经足够。

六七点钟的时候，从尚博尔前往布洛瓦城堡的路上，大雨猛烈地下了起来。卢瓦尔河一片苍茫，古城灰顶小屋沉浸在水花的亲吻中。他们披上了雨衣，踏上湿滑的阶梯。有几只颜色各异的小猫在屋檐下避雨，绿色的植物摇摇晃晃地承受着雨滴的拍打。泥泞的广场上没有人，城堡外墙艳丽的红砖黑瓦，路易十二的骑马雕塑都模模糊糊，这三个年轻人在大黑伞下站了一会儿就离开了。雨把天空下破，即将天黑的时分，天空突然强烈地透出阳光，仿佛黑夜到来前赶走了所有的愁云，去度过一个无比明晰的夜晚。

这个晚上睡在民宿中，在布洛瓦黑暗的郊外一个宽敞的房子，有宽阔的草坪和三只猫，有田园风格的屋檐和窗户上摆着的用心别致的小动物模型。主人和三两好友小聚，喝酒吃饭听音乐，房子像一只贝壳一样灌满了音乐，木楼梯都轻微地咿呀作响。他们由于太累了，房间灯光昏暗，没有说多少话就各自在自己的床上睡着了。半夜，悠安从梦中醒来，透过屋顶的天窗看到了繁星密布的银河，横贯在深得不能再深的蓝色夜空中，她悄然起床，打开门，穿过叽嘎作响的木头走道，来到露天阳台中。银河，横贯在天穹中，这凌晨两三点的光景，仿佛一个既遥远又神秘的梦境，她仰头看着布满空中的星星，又惊又喜，仿佛被广袤的宇宙和隐蔽处大自然无穷的力量镇住了一般。她感到自己多么渺小。人，多么渺小。自以为深重无比的爱啊、恨啊、情啊、愁啊，都不过是弹指之间不复存在的尘埃分子，忽然间一种极度的虚无感贯穿了她的心灵。但在这夜晚里，她不能高声叫喊，只在心中默默祈祷着，许着不为人知的秘密愿望，以为有谁能听到，仿佛为了证明这生命其实并非偶然，她和茉莉、天佑、查尔斯的相遇也并非无依无据的。她就那样穿着单薄的睡衣，站在5月的冷风中看着星空，手脚冰冻得像午夜湖边的石头一样。忽然，一只猫过来磨蹭悠安的小腿，它在怜惜这个在夜幕下跟它一样走在黑暗中的人类吗？她想蹲下来抚摸它长长的白毛。这时，她背后的门被打开了，悠安和猫都被吓了一跳，猫立刻逃跑消失在暗夜之中。茉莉站在门边，她披着围巾，手中拿着悠安的外衣，她说："外面很冷，来，披上。"

悠安谢过她。她走到她身边，跟悠安挽着手，抬头看着星空银河。她们紧挨着彼此，茉莉双手和身体都极其温暖。夜空似乎不那么虚幻了，悠安感到双脚又站回了地上。因为她又跟这个美丽勇敢的女孩彼此依靠着，在这苍茫的夜中彼此取暖。

"茉莉，你有想过我们会去哪里吗？这么一个看不见边缘的时空，我们究竟会走到哪里？"

"我没有想过那么远的事呀，我只希望，明天醒来，有好消息，后天醒来，还是好消息，一天一天这样下去就好了。虽然，在过往的日子里，每天醒来时，等待我的都是一个个困顿。"

"以后一定会很好的。我们即将毕业了，你可以找到很棒的工作，也会遇见很好的人。你像个仙女，会有很多人喜欢你、爱你……”

“我真希望能够成为你，即使减少一半的生命也可以。我很想知道长眠的感觉是什么，是不是像这银河一样安详宁静，就好像没有了人世间一切的痛苦一样……”

她看着星空，星星掉进了她的眼睛，黑亮的眼睛有了光。接着，她轻轻地哼唱起一首感情充沛的法语歌《一个忧伤者的求救》。暗夜冰凉的空气中，悠安惊讶地发现她的声线竟然那么宽广，仿佛她有着游牧民族的血统一般，在广袤中歌唱，声音穿透着时空。她低声地唱，怕惊醒梦中人。然而音调那么完美，那么准确。仿佛是一条人鱼，坐在暗夜的海浪礁石中唱着的超度灵魂的天籁乐声。那汹涌的海中有失事的船只和罹难的海员，有暗中的血腥厮杀……她为这一切凶险与不测唱着，她为那些失落的魂魄唱着，为坎坷生命的际遇唱着。悠安不禁揣测，她过往究竟经历过多少的哀愁啊，才能有一副如此感情充沛的歌喉。可以肯定的是，她不是一个天真无知的少女了，她是一个完整的女人，一个包含情感的成年女人，如同最美的晚夏的果实，年轻、丰满、多汁又历尽成长的疼痛。如果命运能怜悯她一下那该多好……命运给了她那么多让人艳羡的，也让她遍体鳞伤。

悠安突然不知道如何是好。银河如此霸道、如此霸道地横贯了整个夜空，让人以为有什么神圣的事情发生，让人以为有被拯救的希望，让人以为会被庇佑。然而，那不过是人类的奢求而已。银河就在那儿，历经千亿年，不为渺小的希望而变动，相比起浩瀚的宇宙，人类的痛苦又算得了什么呢？另一方面，也正是这种纯真地相信银河是神祇的显现，人类竟然真的充满了希冀，甚至在很长很长的一段时间中都会影响着他们的生命。甚至在过了许久许久的岁月以后，再次想起那一次见过的银河，悠安竟然也会泪流满面。

“茉莉，要是天佑在，他一定也会记得这条银河。”

“嗯，他会喜欢的。”

“若他在场，那该多好。”

“你想他吗？”

“想。”

“你喜欢他吗？我是说，真正意义上那种喜欢，想亲吻他那种。”

“我喜欢他。”悠安坚定又倔强地说。

“有多喜欢？”

“很喜欢很喜欢。”

“你恨我吗？”

“你有吻过天佑吗？”

“吻过一次。”

“有做爱吗？”

“没有。”

“我还是恨你。”

“别恨，因为我们并不相爱。”

“天佑的吻是怎么样的?”

“很温柔，像个亲人一样。”

“不是色情的、占有的吗?”

“不是呢。”

“查尔斯的吻是很法式的。”

“哈哈，你试过?”

“一次，很后悔。”

“为什么?”

“觉得对不起天佑。”

“傻姑娘。”

…………

在这个夜凉如水的夜里，悠安紧紧握着茉莉的手，说了很多很多的话，她们时而咯咯地笑，时而沉默悲伤，坦坦荡荡，直到嘴唇发干，直到天空开始微微发亮，然后手挽着手返回房间去。她的胳膊那么瘦弱，那么柔软，悠安不敢用力挽着她。然而她们赤裸的双脚碰到了彼此，像两只冰冻的兔子碰到了对方，都想取暖。古老的木地板有被岁月打磨的痕迹，发出咿呀咿呀的声响。她们回到房间，非常温暖，有木头的香味，还有一个熟睡的法国年轻男人，查尔斯，他翻了个身，偶尔嘟哝着说一句梦话。各自回到床上，悠安一下子陷入了睡眠，睡得很死很死，幸福得没有做任何的梦。

3. 修道院

昨夜，苍穹上横贯了一条银河。这所宽敞的乡间大房子在这样神圣的夜里发生了一场搏斗，两只老鼠成为三只硕大的猫的晚间美食，没有留下血迹，只有老鼠可怜的脑袋证明了猫的全部胜利。今天，猫还是那么无辜天真地对着人撒娇。还有两个年轻的女孩，在冰冷的阳台上手挽手地说了许久的悄悄话。此刻，她们都没有提起昨晚透露过的秘密，星空成为彼此间缄默的秘密。这一个清晨，大家都没有太晚起床，红色头发的女房东用自家酿制的无花果酱和手工面包，以及新鲜的苹果汁和橘子汁招待了这三个年轻人。茉莉今天看起来非常平静，她在梳妆台前利索地化了妆，涂了纪梵希的淡色口红。早餐过后，他们在清早的露水和清冷的阳光中离开了房东的家。

他们没有立刻去香依索。茉莉建议把这座女人的城堡留到返程。他们决定先去丰泰夫修道院，这是查尔斯手写清单上唯一一个不是城堡的地点，用他的话来说，唯一一个安宁的地方。这一回，悠安坐在副驾上。茉莉坐在后座睡着了。大概由于清晨出发，一路上都言语不多。查尔斯专心开着车，悠安则在听着古典乐，一边看着丰泰夫修道院的故事。这是一个鲜有的结局看似美好的皇室故事：亚魁当的埃莉诺，12世纪欧洲最有权势的女人，她被葬在曾带给她欢乐和悲伤的丈夫亨利二世与她忠诚勇敢的儿子金雀花王朝的狮心王理查德一世中间，被两个爱她的伟大国王包围着，在这个只听见鸟叫的宁静修道院中长眠。

5月末，鲜花像卫兵一样守护着这座只有一千多个居民的小古城。有的在公寓的阳台上，有的在街心的花坛中，更多的是在古老的居民楼前的街边圈出来的小花坛中。两个年轻的女人忍不住要和途经的每一株灿烂的花朵合影。这一片索米尔以南的小镇并没有很多旅客，非常寂静，修道院群落的建筑也比她们看过的其他要更古老一点、破落一点，米白色的墙裙偶见伤痕。

从西门走进了空旷的白色教堂中庭，年轻的他们脚步声都显得太过响亮。

四个皇室成员的石棺模在中堂静静地安置着，经过漫长的岁月，彩色油漆都褪成了灰旧的调子，面目也看不清楚了，只见得他们双手都在胸前，仿佛是安详虔诚的模样。修道院的色调，只有这种大理石的白色和尘埃的灰色，和华丽浓重的城堡实在太不一样了，走着走着，因为太寂静了，他们的说话声都成了悄悄细语。路过一个拱顶的小圆室，高耸的白色柱子简洁而干净，查尔斯轻声告诉茉莉这是唱诗班的小礼堂。

“这儿以前一定有过很响亮很好听的歌声吧。即使在这么安静肃穆的地方。”茉莉说。

从右手边的门口走上几步阶梯，一个宽敞的回形庭院出现在面前。中央是修剪成方块的绿树，横平竖直，庄严不发出一点儿声响。稀稀疏疏散步的人互相不认识，会面时淡淡一笑后又继续各自安静地朝圣。一位残疾的法国女孩在对着路人傻笑着，她重复地给洋娃娃穿上衣服又脱下。

庭院边上的长廊的地面由八边形的灰白地砖和小黑方块相间地铺砌而成。很多砖块都已经残缺了，并不平整光滑，有一种洗尽铅华的沧桑模样。庭院外面，是一片绿油油的小山坡，远处种着古老孤独的橡树。天空有云，风很大，阳光也若隐若现。

“我们去山坡那边看看吧。”查尔斯建议，悠安点点头。

“我就不去了，我想留在这里看看旧建筑。”茉莉说。

“那好吧，我们过去看看，就回来找你。”查尔斯说。

和煦的阳光穿透一个个拱门投到地上，破败的墙脚此时有了生机。悠安走到绿地时回过头来，看到茉莉一个人在丰泰夫皇家修道院古老的拱形白色石长廊之间一边散着步，一边拍照。

“把她一个人留在这里，没有关系吧？”悠安问查尔斯。

“嗯？为什么这样问？”

“我只是有点不放心她。”

“这个想法很奇怪啊，她是个成年人了，又不是小孩子。”查尔斯当她开了个玩笑。

“也对。”

他们两人缓缓漫步在绿油油的草地上，向着橡树走去。慢慢地，他们消失在茉莉的视线中。

“只需要做个决定，游戏就会结束。”这一边，茉莉坐在石椅上，自言自语地想。这张石椅在教堂的背面的一棵松树旁边，面对的是一片小花圃，花圃里什么也没有，不会有人散步过来这里。她把自己藏在教堂的阴影处，伸出双脚接触阳光。她从包里掏出了一个小餐盒子，拿在手里来来回回地看着。

“查尔斯，你觉得一个人的出身重要吗？”在橡树下，悠安问道。

“不可选择的事，就没有什么重要或不重要的判断了。也许，没有人会对自己的出身百分百地满意吧。”

“你觉得不同国籍的人，会真心诚意地相爱吗？”

“那是自然的，爱不分国家，跟出身也没有多大关系。”

“你是个宿命论者吗？”

“完全不是。”

“你信什么吗？”

“我父母、祖父祖母都有自己坚持的信条。可是我对什么都只信一半，你呢？”

“我在努力了解自己。”

“很好的态度。茉莉呢？她信点什么吗？”

“没有。但我觉得她需要一个信念。”

“需要一个信念？怎么说？”

“她是个很孤独的人，很孤独很孤独。”

“为什么这样说？她有家人、朋友……为什么会孤独？”

“她没有家人，朋友也并不多，所以她只能一直往前走，走到哪里是哪里。我以前也不了解，但她确实有一个孤独又倔强的灵魂。”

“啊，我真不了解她呢。但是，她给我的感觉很特别，说不上来哪里与众不同。”

“那当然是。你去看她的经历，可以写成一本跌宕起伏的故事书呢。”

他们在橡树下待了一会儿，打算回去。

在教堂背面，茉莉的脸像纸一样苍白。“不要害怕，很快就好了……”她右手握着一把小刀。小刀靠近了她的手腕，在或明或暗处闪着冷冷的光。

“你觉不觉得今天的太阳特别的亮？照得人不舒服那种。”悠安说。他们在爬一个小山坡，她的心跳比往日快了一点，有种虚弱的感觉，也许是因为昨天晚上没有睡好。

“欧洲的阳光还算是比较和煦的。只有在靠近赤道的国家，才有烈日当空的感觉。”查尔斯说。现在，他们已经可以自然地用法语交流了，法语听起来相当柔和美丽。

“啊，真巧，你和茉莉说过相似的话呢。她曾经形容她的童年是烈日当空的感觉。”

“挺有意思的。”

他们回到了修道院。茉莉没有接电话也没有回信息。他们坐在空无一人的回廊里，等着茉莉。

悠安在这种静谧中感到隐隐的不安，又说不出这种感觉来自哪里。

“我们去找茉莉。”她说。

小礼拜堂，没有。

祈祷室，没有。

女士洗手间，没有。

停车场，没有。

她会在哪里？悠安越来越焦急，她使劲地拨着电话，一遍又一遍。

忙音，不间断的忙音和语音信箱冷冰冰的自动反馈。

她奔跑起来，查尔斯觉察到了不对，开始试着问仅有的几个工作人员。徒劳。

这时候，那一个对着行人傻笑的小姑娘还在重复地玩着她的布偶。她似懂非懂地听了查尔斯的问题，指了指庭院东边的小门，接着发出了一种不祥的断断续续的笑声。

悠安和查尔斯赶忙向那个方向奔去。

远远地，他们看见了茉莉苍白的身影，没有力气地靠在阴暗处石椅旁的松树。

“茉莉！茉莉！”悠安一边跑一边声嘶力竭地喊着。

茉莉虚弱地转过头。她在微笑，鲜血从她洁白的手腕流下，淅淅沥沥地滴在大腿上、脚上，裙子上开满了血红的罪恶的花朵。她没有任何言语，眼神也是透明的，没有了灵魂在当中，没有了喜怒哀乐。当悠安和查尔斯靠近时，她看到了他们，随即，她的笑容一下子消失了，她瞳孔里透出了一种悲伤，一种恐慌，她呆呆地坐在那里，看着他们向她奔来。

她在向他们求救，忽然间，她似乎为自己的决定感到后悔了。然而，太晚了，太晚了。她呆呆地，无能为力地，看着他们过来。

在他们快步奔向她，差一点儿够到她时，她像一只轻盈的鸟儿一样，倒下了。

“茉莉，茉莉，茉莉！你醒醒……”悠安抱起她的肩，鲜血让人不安。她心跳极快，一种眩晕的空虚感从大脑坠入双脚，她拼命控制着自己的意识。

“查尔斯！”她看着查尔斯的眼睛，大声地说，“查尔斯！救救她！”

查尔斯脱下了围巾，飞快地包扎着伤口，另一只手快速地拨通了电话。悠安双眼通红，眼泪从她眼角流下来。得知救护车半个小时后才能到达，查尔斯嘱咐悠安按着茉莉的伤口，一把抱起昏迷中的茉莉往门口方向跑去。他那么大的力气，以至于丝毫没有察觉到白色衬衫这时也沾染了血迹。罪恶的血，顺着茉莉瘦弱的小腿还在一直往下。

“我们开车过去，等不及救护车了。记住，让受伤的手保持比头和心脏高。”他一边回头向悠安喊道，一边把茉莉放在后座，用靠枕把她的身体垫高。悠安也跳上了车，汽车重重地碰了一下路基，向前驶去，一路颠簸着，茉莉的疼痛仿佛渗进了悠安的体内。

……她已经记不得那几十分钟是怎么度过的。后来她也始终没有告诉查尔斯或者茉莉自己有晕血症。当茉莉进入了索米尔医院的急救病房的时候，汗水已经湿透了查尔斯的上衣，他们都很狼狈，站在医院冰冷的走廊中。对面平静的老夫妇怜悯地看着查尔斯衬衣上的血迹，并不知道发生了什么事，缄口不问。悠安手里还拿着茉莉的手提包，她打开，发现了那个精美的小木盒子，像首饰盒一样，沾着血迹，她打开的时候，看到了那一把寒光闪闪的刀。这把凶器扎进了茉莉温暖的身体，昨夜，她还用她的双手给自己取暖……

“茉莉，茉莉，不要死……别离开我们……”悠安从来没有这样害怕过，像是死亡即将发生在自己的身上一般。

她在抢救室门口不停地祈祷着。

时间一分一秒地过去。每一刻都是煎熬。

悠安第一次离死亡那么近。死亡的边缘，是寂静的、空虚的，好像自己的胃液在消化着自己的感觉。

干燥整洁的医院里没有记忆中的那潮湿的消毒水气味，人也零零星星的并不多。天空的云散去了，射进了一束中午的阳光。透过玻璃窗，外面的景致是青绿色的一大片田野，穿梭着灰屋顶的村落和零零星星的树丛。从涌动摇摆的树冠中，看得见风的痕迹。

“它会让你感觉好一点。”护士过来，给悠安一片药片和一杯水。

她道过谢，把药片吃下去。

药效起来时，心慌的感觉少了一点，尽管双手还在颤抖。她把茉莉的事情断断续续地跟查尔斯说，没有太多细节，空气仿佛凝固起来了，把细枝末节都包裹起来，投进了深夜的湖泊中。

她感到非常疲惫，勉强闭着眼睛试图让自己睡一会儿。

短暂的睡眠有不安宁的梦侵袭。梦见薛天佑，她希望他能够在场。他在对她招手，呼喊，可是她始终没听到声音。

不一会儿，悠安醒来，发现自己靠在查尔斯肩上。他的肩膀很温暖，有着植物的芳香，像是被阳光烤过的稻田。这个午后，阳光那么明媚，然而远方又有乌云，阴晴不定。花了一点儿时间清醒过来的悠安，有点迷恋这种温暖和芳香，以为有爱情来到了自己身上。她短暂地忘记了自己在医院里。

查尔斯看到她醒来，灰蓝色的眼睛有笑意。

一阵暖流涌上心中。悠安看着他，想说点什么，但看着他，又说不出来。

她一直觉得，隔着一个国家的人，心里面也隔着一道玻璃。然而这一个时刻，这些隔阂好像消失了。

那种感觉……也许也是没有国界的。悠安觉得自己那一刻爱上了这个衬衫上带着血迹的法国男人。

“请问是茉莉家人吗?”医生的声音打断了他们。

“抱歉。”她迅速离开了查尔斯的肩。

“啊，没关系……是的，我们是。”查尔斯说。

茉莉很苍白，也虚弱，暂时脱离了最危险的时期。

他们远远地看她。茉莉躺在白色的床上，吸着氧气。点滴一点点注入她虚弱的身体中。她在浅色的光中沉睡。

“她没有生命危险，但建议住院一段时间。”医生是个戴着眼镜的棕发女人，表情严肃，留给他们几分钟时间。悠安一想到那些冰冷的器物割断了她温暖的血脉，感到一阵阵恶心和头晕，像是割在她自己身上一样。看着病房中茉莉惨白的脸，想起昨夜里握着她的这双温暖又柔弱的手，悠安又一次感到身体在发抖，冷汗从额头渗出。

不一会儿，护士就过来让他们离开病房。查尔斯买来一条巧克力，悠安才意识到已经下午3点，他们都没有吃中午饭。投币机器里只有冰冷的三明治和饮料。因为晕眩，她此时只能喝下甜果汁，冰冷的果汁落入空虚的胃，带来一阵阵绞痛。

晚上9点半左右，茉莉醒过来，外面下起了细雨。她还是很虚弱，她躺着，看到他们进来，笑了一下，又闭上了眼睛。悠安抚摸她因输液而变得冰冷的右手，轻轻告诉她不要害怕。

“对不起，给你们添麻烦了。”她只说了一句话，非常倔强。

然而眼泪从她眼角流下来。

“像我这样，死去了也不会有什么。我没有家人，没有……”

“别傻了！即使你对生命不留恋，想想我，想想天佑，想想我们这些爱着你的人。你不知道你死了，对我们有着怎么样的伤害。想想那些伤害过我们的人，难道你就要这样轻易让我们坚持的一切坍塌，就这样把你的高贵和美丽拱手相让？求求你，别那么傻。”悠安忽然情绪激动，她看不惯自甘堕落的茉莉，看不惯这个毫无骄傲感的茉莉。

茉莉身体忽然抽搐起来，有点干呕。护士过来，给她服了药，让情绪激动的悠安离开。终于，这个遍体鳞伤的女孩安静下来，眼泪依然在流，她的身体也变得柔软无力。

悠安隔着玻璃窗流着眼泪。几个小时前，这两个女孩还握着彼此的手看着星空，以为那是吉祥的预兆，有好事临近。她们对着星空许愿，说了一夜的希冀。

忽然，茉莉又似是出现了幻觉一样低声地说着什么。

而后她沉入了睡眠，悠安祈祷着，无论她有过多么不幸的记忆，此时不要因为疼痛而做梦，就这样单纯地睡上一觉，谁也别想起来，谁也别来打扰。

这个晚上，查尔斯和悠安要在索米尔过夜。

他们住在河边的旅馆中。透过窗户能看见卢瓦河，以及细雨中的古城。黄色的灯光和宝蓝色的天色交融在一起。

这种夜晚，他们两个人再次在同一个房间里。

这一个夜晚，与以往都不一样，带着一种谁也说不清的忧郁感。悠安和查尔斯仿佛都长大了一点，又陌生了一点。

悠安给查尔斯倒了酒。

他们面对面地坐在单人沙发上。房间那么安静，只听见邻居传来断断续续的钢琴声。

“我不知道为什么，想起了那个夜晚。你吻了我，又离开了我。”查尔斯说。他笑着说，好像在讲一个故事。上一次，他们单独地待在一起，仿佛是很久以前的事了。那个时候，他们好像很年轻，对即将发生的事毫无畏惧，却又小心翼翼。

悠安笑了。她仔细地打量眼前这个年轻的法国男人。他身上有植物的芳香的气味，身材漂亮，嗓音动听，有一颗善良的赤子之心。当然还不只这些。

“今晚，你还会对我说那句话吗？‘Tu fais ce que tu veux’？”

“不会。这句话已经过气了，我会说点新的话。”他微笑。

“那句话，是法国男人的小武器？”

“都被你看出来了，那就只是个蹩脚的伎俩。”

夜幕降临了，宝蓝色褪去，钢琴声停了。悠安再倒了一杯酒，她有点晕眩。查尔斯是个值得信赖的人吗？房间里有地暖，他们都赤着脚。她想，如果她的脚碰到了他的脚，会怎么样。

夜幕降临的时候，查尔斯站在阳台，穿着衬衫，挺拔瘦削。卢瓦河边的建筑有着北法特有的那种深灰色的屋顶，在深深的宝蓝色的天幕下显得静谧。她走过，从身后轻轻地抱着他，他转身回应了她。她把自己的身体藏在他的怀里，在天色渐暗的苍穹下，他们抱在一起。

“你累了。”查尔斯的声音在耳边。他声音的余热在她锁骨附近久久不散去。

空气中飘着雨水和泥土的气味，潮湿的，清香的。悠安不说话，只是默默地抱着他，她的心里无比宁静。有冷风吹过，但他们感到温暖。

“你害怕吗？”他问。

“怕什么？”

“死亡和爱情。”

L'amour et la mort.①法语真美，在这种时刻。悠安听着他的鼻息，认真地想着这个问题。

“我怕死亡太枯燥，也怕爱情太短暂。”

---

① 中文意为：爱与死亡。

“你比你看起来坚强一些，而茉莉，比她看起来要脆弱一些。”

“我不坚强，我不敢死也不敢爱，我只是孤独地活着，或许会小心翼翼地活很久很久。”

他更用力地抱紧了她。她蜷缩在他的怀抱中，他闻到了她头发上无花果树的味道。如果他此刻要索取她的一个吻，她会答应的。但她没有心跳加速，这个给予她温暖的男生也没有心跳加速。没有缺氧和晕眩，也没有罪恶感。但她依恋他的温暖，或许他也一样。

她能想象，如果可以再喝下一杯红酒，心里将会非常宁静。而后的事，就可以交给索米尔的晚空，就像沉入海底一样。

“今晚的你，不再是以前的你了。”查尔斯说，“以前的你，刚刚来到法国，有点惊慌失措，留着短发，眼里是无所畏惧。现在的你，长发及腰，眼睛里全是心事。”

此时，他们松开了彼此。像一对清白的好朋友一样，并不留恋对方的体温。

“想起那个自己，恨不得找个地方钻进去。”

“为什么呢？我觉得，那个时候的你更可爱。”

“你喜欢？”

“嗯，那个时候的你，有着自由的选择，有无限的可能性。我喜欢那个自由自在的、不知所措的你。”查尔斯的蓝眼睛忽然变得深邃，“现在的你，心里有人，像一只被拴住的小猫。”

“上一秒钟，我还想起了那个跟你单独相处的夜晚。那个时候，你跟现在不一样，那个时候，你像个猎人一般。有一瞬间我错觉今晚像是那个夜晚的延续……”悠安坦白地说出这一番话时，双手有点发抖。

“不是的，一切都改变了。那个夜晚，你迷茫又轻盈，充满可能性，我为了可能会成为你心中的那个人兴奋不已。今晚，你心里面那个人，不是我。我知道的，只有彼此心甘情愿的亲吻才有意义。所以，今晚我不会亲你。”他笑，像在说一件平常的事一般，残酷而平静。

这一个夜晚，查尔斯安稳地睡去了。悠安一夜无眠，她心里想的事太多了。天空蒙蒙亮的时候，失眠了一整夜的她忽而感觉到了某种解脱，逃离了夜晚的解脱。她感到生活有某种强大的力量不断地打断她往常的思绪和价值观，把她推向一个又一个的未知远方。前方是什么，她真的不知道。茉莉、她、查尔斯，甚至是在远方的薛天佑，每个人的命运看起来互相交织，但到了最终都是各自孤独地前行，人总是要一个人慢慢走下去的……

4. 曼陀罗

六七月的巴黎逐渐逐渐地安静了。人们逃到海边，逃到国外，拖家带口，准备过上一个长假期。自从恐怖袭击以来，这座城蒙上了一个危险的名声，远方的旅客都议论纷纷，好像巴不得看到她的衰落。有一些异乡人还留在这个美丽的城里，在这个最危险也最安全的地方，他们不是游客，还不完全是当地人，但他们来到了这里。巴黎还是一如既往的淡然，迎着每天升起来的太阳和波光粼粼的塞纳河，不曾改变些什么。

悠安和茉莉回到了她们的家。

伤疤在茉莉手腕上还清晰可辨。她好像一下子丧失了之前的所有活力，不再按时起床，不再勤勤恳恳地出门上图书馆。从索米尔回到巴黎以后，她一直把自己关在房间里。鲜花枯萎了，她并不理会。她的房间门并没有上锁，表示了她不拒绝别人进来。生活从未有过的平淡。悠安会去浇花、扫地，给她带点吃的。自从茉莉受伤以来，悠安的作息却一下子规律起来，她不再堕落放纵自己的作息，一想到茉莉，就会早早起床张罗三餐。她也开始去早市买鲜花回来，上网搜索菜谱，做清淡的菜色，熬粥，煲汤。茉莉没事情做的时候，就会在纸上写诗，用泰文写，一个个整齐的字，一些悠安看不懂的小圈圈。心情好的时候，她会翻译成英文给悠安看。

“我没有见过神明，只见满天星斗，你与我，我与你。我有过的生命，在花开的夜晚。那一刻注定，永远的漂泊。独自漂泊。”

有时她又会抄写些正能量的句子：“爱是长久忍耐、和蔼仁慈的。爱不嫉妒，不吹嘘，不自大，不罔顾规矩，不求自己的利益，不轻易动怒，不计较别人所加的伤害，不因不义而欢喜，只因真理而高兴。爱能使凡事包容，凡事相信，凡事希望，凡事忍耐。”

茉莉不再避忌谈她的过去了。她以往的敏感和骄傲，像是塔楼上熄灭了的灯光，留在了悠安的记忆中。

6月末尾的时候。父亲给悠安打来电话，要她回家。他说他想见她，他会立刻给她买机票。这是他一贯的语气。悠安明白，这也是他现在的妻子小颖姐爱他的原因。她在悠安面前常常说父亲的好话，叮嘱说：“你要听爸爸的话，他给了你今天的一切，你明白吗？”

悠安心里暗暗觉得，她想用亏欠的内疚感让自己屈服。她清楚，自己跟父亲的关系一直是他不能释怀的事。悠安并不想去修复，她想留有遗憾，不想去理解他的选择。

她想要独立地生活。去面试了香奈儿，面试官是个上了年纪的一丝不苟的优雅女人。悠安和面试官用法语侃侃而谈，得知她只学了一年的法语，面试官有点惊讶，用灰蓝色的眼睛看着她，狡黠地笑了：“我相信你心中有股力量。”她录用了悠安。这是23岁的祁悠安人生中第一份正式工作。她将从8月开始去当实习生，在做设计的部门做助手。优雅的女人提了两个条件：万事准时，保持优雅。

“你一定要回来，你快要当姐姐了。”父亲强调说，想要悠安分享他的快乐。

“好的，没有问题。”悠安像个大人一样，平静地微笑答应他在7月之前回来一趟。她也告诉父亲自己找了实习的事。

“我很为你自豪。”他说，像大学的时候，悠安剪去长发时，他对她说的一样。悠安并不知道他是不是真的自豪。他总是这样矛盾，悠安宁可把他给予的自由看作他对自己女儿愧疚的弥补。他觉得自己没有权利要求女儿什么，所以只能用给予钱与自由来弥补。

6月末尾，悠安离开家将近一年了。她去续了签证，把一切安排得井井有条。时间转瞬即逝，她不敢相信自己竟然变了那么多，她学会了做饭，学会了扫屋，学会了一个人度过漫长单调的孤独生活，甚至，学会了照顾另一个人。她知道，她即将学会自己养活自己。

她为着这些简单的事情感到幸福，生命中一点一滴的进步。

“你有过不能言说的事吗？”阳光甚好的一天，悠安躺在沙发上看书，茉莉问她。

“比如说？”

“比如说说出来让你苦不堪言，几乎想要找个洞钻进去的那种事。”

“嗯，我记得小学第一次来月经的时候，裤子湿了，但因为觉得长大是件罪恶的事，忍着没有告诉老师。埋在心里一整天，晚上回家哭了一晚。后来在菲佣妈妈的帮助下才面对了成为少女的事实，花了很长很长的时间。”

“还有呢？”

“父母离婚之后，父亲有一次带我和小颖姐到外边吃饭，我感到很窘迫，生怕别人知道我的亲生父母离婚了，而面前这个人是我后妈。”

“你的人生真简单。”茉莉看着她，有点出神，“我真想变成你，哪怕一下子都好。”

“傻瓜，你又胡思乱想些什么呢？”

“悠安，对不起。”

“你胡说什么呢？”

“你喜欢天佑，是吗？”茉莉唐突地问。

“为什么这样问？”

“其实我一早就知道，在去英国前就知道。但是你越喜欢他，我也会越喜欢他，情不自禁。我觉得跟你一样喜欢他，是一件幸福的事，就好像我变成了你一样，哪怕有一点儿像你那样幸福也好。”

“茉莉，我是个再平凡不过的人了。反而我觉得你才是耀眼的、充满光芒的，直到今天，我依然这样认为。”

“我多么羡慕你。有好的出身，有个永远爱你的父亲。而我，我的人生却是千疮百孔的，那些卑微，再华丽的外表，都掩盖不了……我的内心永远都骄傲不起来。因为我的世界是倾斜的，所有幸福都会滑落，抓也抓不住。”

“是，人们嘲笑那些出身不好的人，是因为他们害怕。他们害怕自己会变成那样，他们对人生毫无勇气。然而没有什么值得害怕的，每一种命运都有各自灿烂的地方。即使出身卑微，一旦在逆境中做了什么了不起的事，又会成为所有人仰望的对象，那些嘲笑你的人又会回来崇拜你。就是这样子，他们总是摇摆不定，你根本没有必要去理会。你的命运也许是倾斜的，但也是异常璀璨夺目的。你是茉莉啊，独一无二的茉莉，永不低头的茉莉。”

“你还记得那个会占星的中国姑娘吗？来找你之前，我去问过她，在没有其他人的情况下，我求她给我讲真话。她说，我跟薛天佑是一种扶持的关系，不是真的爱情。她说我们三个有命定的缘分，像是藤蔓缠绕着大树，又被太阳与雨露照耀着一样，是彼此需要的。她还说我的命运大起大落，像太阳一样，自我又顽强，注定要去远方才能实现自己。”

“茉莉，我跟你们在一起，觉得自己是个配角……但是我又感觉到你们都需要我，不知道为什么，当我们在一起，总是觉得无法全部拥有，无论是友情还是爱情，然而我却不想跟你们分离，就像最亲的人一样。”

“在天佑面前，我没有一刻不在为自己是自己而感到悲哀。在世俗的角度，他是个完美的男人。在他面前，我心里永远是卑微的。即使他一直待我很好，我想要自由，想成为那个真正的自己。”

“可是茉莉，我以前一直想要自由。可是这时我只想要平淡的生活，以及一个深爱的人。”

“大概因为你真的遇到了你喜欢的人了呀！你应该恨我才对。”

悠安看着午后的阳光落在茉莉栗色的长发上，觉得时光过得好长好长。

“不恨你，也不想恨任何人。如果要恨，太多东西恨了，那多让人难受。”

“悠安，告诉我，你对他的感觉是怎样的?”

“不知道，就是很喜欢他，即使知道可能一切没有结果，也是不顾一切地喜欢他。知道他不完美，甚至不算成熟，但就是不能控制地，在心里默默喜欢着这个人。”

“你们其实是般配的一对。而我，是个不应该出现的角色。”

“不，这是我们命定的缘分。”

“我没什么好避忌的，因为我没什么好失去的。我从来都是敢爱敢恨，从不后悔，唯独这次，我对你感到内疚。”

她把茶几上的雏菊摘下来，别在悠安绾起的长发上，说：“你跟我刚认识的那个悠安多么不同呀。”她抚摸悠安的脸颊。

悠安抓住她的手，紧紧握着。

“我对你做了最后一件坏事，你可不可以答应我，知道后不要生气。”

“你说吧。”悠安笑，好像也不再在乎她做了什么了。

“天佑给你寄了礼物和信。”

她把一个淡黄色的盒子递给了悠安。她取出信封，拆开了这封一个月之前的信。

悠安：

第一次给你写信，感觉很不自在。我大概，有十年没有用笔写过信了吧，都习惯了把所有的事情在手机里随意一说就算完了。

原谅我没有很快回来。有些事，我知道，应该像个男人那样去面对面跟你说。很久没有试过那么忐忑。

我喜欢你。

由于这一年来发生的种种事情，包括我与茉莉的关系，让我想要拼命掩饰对你的这种感觉。但是越掩饰，越欲盖弥彰。

我害怕你恨我。喜欢你，是一件郑重的事。告诉你我喜欢你这个事实，让我忐忑不安。

无论是哪种决定，我都尊重你。

天佑

P.S. 对了，不知道你记不记得在英国时我们路过的那家叫祖马龙的香水店，我发现了它们的这款香水，叫野生蓝风铃，听说全是用白色的花做成的纯洁的香。

厚厚的信纸散发着某种淡香。悠安的手在颤抖。

“我没有打开。”茉莉说，“但出于私心，我把信藏起来了……”她的话没有说完，见到悠安哭了。

悠安把脸凑近信纸，深深地吸了一口。一种难以言喻的悲伤充满了她的嗅觉和心灵。这种气味，那么熟悉，把人带回了伦敦的那个雨天下午。她今天才知道它的名字，天佑跟她一样默默地记得了那一种味道。那么清冽，那么甜冷的气息。那个时候还多么好啊。虽然危机已经显露了，但没有人理会，由于年轻无畏……

“对不起……”茉莉说。

“在我想要忘记的时候，他又重新出现在我面前……我们之间总是有这样的时差，像是命中注定无法相爱的人……”悠安说。

“不，爱会让人情难自禁的，不是你想忘记就能忘记的。”

“所以，茉莉，我们的关系真是太奇特了，你的前男友给我写了信说喜欢我，而我却从你手中接过这一封信……你真的一点儿都没有爱过他吗？天佑，你的前男友？”

“没爱过。”她说，“中国男生心中都有这样的一种情结，希望自己爱的人洁白无比，不受污染。但是，我已经再无可能成为那样的人，我是个有经历的女孩。当然我也有过小孩的岁月，可那个时候我并不快乐，总是忧心忡忡的，我更喜欢现在成熟的自己。我希望我爱的人洞悉事实，与我一起接受这些经历，幸运或不幸的都应该了解。我一点儿也不想掩饰自己，我无法爱上一个不能接受我全部的男人。”

茉莉眼睛红了，她在低头的一瞬间制止了眼泪出来的可能性：“你想家吗，悠安?”

“不想。我想的是我中学以前的家，那个时候，我父母还在一起，每天放学第一件事就是往家里跑，爸爸会做好晚饭，妈妈会教我学习……”悠安试图把话说完，然而情绪零碎，即使强忍着心情也不能掩饰，在茉莉面前，面对天佑的信，泪如雨下，所有坚强丝毫禁不住考验。

“我也不太想。这样也好，反正没有什么事会永远存在。但是你不一样，悠安，你是会回归家庭，然后过幸福日子的姑娘。而我，是注定要去远方的，能救赎我的，只有自由。”茉莉说，决绝又隐忍。

“我觉得，所有人都在跟我告别。我什么也抓不住。”

“傻姑娘，你要回家了。”

“那也是短暂的，我还是只有自己一个。”

“你的家里，有家人在等你。你还有我，你回来的时候，我会在这里等你。总是有人在等待着你，你怎么会只有自己一个呢?”

茉莉身体还是不太好，每天还在服药，悠安去给她煮了热水。她又交代查尔斯照顾她。悠安此时一点儿也不想回家，她的心里，充满着矛盾。

第五章 | Chapter 05

我爱着，

什么也不说，

只看你在对面微笑；

我爱着，

只要心里知觉，

不必知晓你对我的想法。

我珍惜我的秘密，

也珍惜淡淡的忧伤，

那不曾化作痛苦的忧伤。

我宣誓：我爱着放弃你，不怀抱任何希望，

但不是没有幸福；

只要能怀念，就足够幸福，

即使不再能看到对面微笑的你。

——《给妮依》阿尔弗莱·德·缪塞

1. 夜航东飞

悠安坐了夜晚的航班在清晨抵达香港。父亲帮她订的机票，他的妻子小颖要在香港生下小孩并休养几天。

“出去一年了，有想爸爸吗?”见面第一句话，父亲问她。

“想，也想妈妈。”她说。

“我女儿还是一点儿也没变。”父亲笑呵呵地说。

明德医院保育室里的婴儿粉扑扑的，漫无目的地蹬着腿，父亲指给悠安看他的儿子。他的脸上有着掩饰不住的喜悦，是一个中年男人直白的天真。悠安忽然间有种幻觉，似乎看到了23年以前那一刻的父亲，睡在暖房中那个无意识地咿咿呀呀的婴儿是自己。他的妻子还在睡觉，父亲带她去茶楼吃饭。坐在铺着米色桌布的大圆桌前，热腾腾的蒸笼盛着食物出现在面前，久违的家乡味道让人觉得时空交错。婴儿出生，生活安宁，没有什么不好的事，所有人都各自安好，过着自己的生活。悠安平静地坐着，生活没有想象中的难堪，自己心里也没有一丝一毫的愤怒。离开的一年光阴，隔绝了许多爱恨情仇，她甚至开始理解了父亲的选择。

可是她却对父亲说不出什么话，没有倾诉的欲望，他那缠着他讲故事的小女孩像蝴蝶一样飞走了。他看着自己这个长大了的女儿，犹豫了一下，张嘴想说点什么，但悠安制止了他。

“没关系爸爸，我理解你的选择。我为你高兴，这个世界变得太快，我需要一点安静的时间来适应。”她说。

他有了一个中年男人的慈祥表情，方才的紧张情绪略微放松，他开始东一句西一句地问及国外的生活，一边给她点了过分丰盛的餐点。

“爸不想你去那么远了。这次实习之后，就回国，好不好？你的家永远在中国，不要忘记。”他说。

“爸，如果我能自力更生，你就不管了好吗？”

“爸不想你辛苦，一个女孩子家，那么倔有什么好？跟你妈一个样。她不是过得不好，是心不饶人，只想着自己心中那一口气。这一点，小颖就比较聪明，别看她出身教育不太好，人家肯低头，说话处处想着别人，是让人听着舒服的……”他老了，变得啰啰唆唆。

“爸，我只回来半个月，你这样子我一个星期都嫌长。”

他不说话，闷头喝茶。人一低头，身上的光辉就黯淡下去了。悠安看着父亲，他也不过是个凡人，不是什么圣人，也不再是自己童年心中的超人爸爸了。和母亲离婚之后，他再娶。小颖不过三十几，出身低微，很懂得讨好人。悠安觉得他们之间是各取所需，每个人求的东西都不同，每个人命中都有一个弱点。爱这种东西不能轻易说，说多了等于亵渎。

他见女儿闷闷不乐，又说："你在爸这儿强，爸不怪你，但你总会嫁人的。西方那一套未必适合我们中国人，你妈不跟你说这些你不知道。小颖姐讲你又不听……"

他打住了，因为看到了女儿倔强的表情，她打小在情绪爆发前就是这一副神色，他是了解女儿这一点的。

他支开话题："有没有谈恋爱？"

"没有。"悠安说。这个话题很神奇，他一说，她忽然变得异常冷静，也不想哭了。只有家庭的事让她感到脆弱。

"喜欢的男孩子也没有？"

"可能有吧。"

"哪里人？"

"中国人。"

"幸好不是鬼佬。"

回家的朋友圈动态下面有无数个赞。久违的同学朋友，纷纷问候。在各种绚丽的头像中，悠安看到了薛天佑。他们很久不聊天，也不问候了。他回国后，进了他父亲的公司工作，在关键的职位上。他的朋友圈从不透露太多私生活，只有一个事业型的年轻男性形象。

他发来了信息："回家了吗？还回法国吗？"

悠安从父亲那儿逃出来，埋头回复："回。回去实习，回去过生活。"

"我一直想找你聊聊天，如果你有时间的话。"他还是彬彬有礼。

"好。"她爽快地答应，又有点后悔，后悔自己答应得太快。这段时间发生的事，跟他似乎有千丝万缕的关联，但那种瓜葛是在暗处的，她要把一切复述出来，很难。更是因为，她想要忘掉这个人带来的某种感觉。那是一种危险的感觉，像一颗干草丛中的小火星，任由它发展的话是会毁掉她现在选择的生活的。

但是他们约在三天后，四季酒店70楼的下午茶厅，他们两个人。

那一天是个晴天，风和日丽。在不断往天空驶去的电梯中，悠安心情复杂，不知道一会儿见到他，应该欢笑还是装着淡然，说话的语气应该温和得体还是像老朋友那样打打闹闹。她这样忐忐忑忑地想着，感到难以呼吸，心跳一阵一阵掠过。当电梯门打开，一个高瘦的男孩子迎着阳光微笑，站在电梯门前迎接她。薛天佑，还是那一个薛天佑，剪了一个干净利落的发型，比她记忆中的他还要再高一点，壮一点。她笑了，情不自禁地，心跳加快。

他在她跟前，说："悠安，好久不见了。"

此时，悠安又看到了他的眼睛，他那一双饱含着欲望、梦想、善良和惊讶的瞳孔，是深不见底的乌黑。他看着这个女孩子长发飘飘地出现，有点儿出神。从这一双眼睛中，她敏感地察觉到他微妙的不同，与一年前，与初识时。这一个年轻的男孩子，适时地把自己的喜怒哀乐隐藏着，永远留给人得体的一面。仿佛这是关系良好的两个普通朋友，在许久之后，跨了一个国度，在阳光明媚的下午因为无聊而约出来打发时光。可是悠安却从他的出神中，看到了些许不确定的情愫。她看不透他，只觉得见他让自己不知所措。

隔着透明的玻璃窗，青天白日下的灰色摩天大楼高耸入云，一切都那么熟悉，悠安甚至能叫出每一栋建筑的名字。曾经她也向往这种高空中的感觉，被圈养在16摄氏度的冷气中，只要手中有大把金钱就永远有人伺候着，可以上高耸入云的酒吧中寻欢作乐，可以睡在每个早晨都有人孜孜不倦打理的席梦思床褥中。然后向着一个由网络与机械构成的未来不断奔跑过去，为数字创造的一个个人类奇迹迷醉不已，永远目不暇接，永远马不停蹄，就算终点是茫然的黑洞。然而从高空往下看，到处都挤满了蚂蚁一样的人，有些终日双肩上承着千斤，双手开裂，暴露在烈日下与寒风中，只为三餐饱腹。同是这个世界的子民，际遇却各不相同。悠安也渐渐知道一切的岁月静好，不过是背后有人负重前行。

“你想家吗，悠安？”看着悠安的出神，天佑打破了沉默。茉莉之前敲开她房门，也问过这样的一句话。

“还好。”悠安说。

“我约你出来，希望你别觉得唐突。算起来，我们也有一段时间没有好好说过话了，我挺想念你的。”他真诚地说。

“不只没有好好说话，你错过了这段日子里面所有的我们。”

“在我心中你还是那一个祁悠安。”

他不说话，乌黑的眼睛看着悠安，还是那么温柔、那么锐利。

“回国后，你在忙什么呢?”她微笑地说，肆无忌惮地注视着他的双眼。

“忙着工作，忙着应对投资人，忙着应对客观的数字，忙着跟上这里的步伐。”

“听起来好像都是应该做的事。现在国内的朋友，总是开口闭口都是融资创业估值几千万几个亿的，回来真觉得到了另一个星球。”

“如果你回来，以你的性格来看，估计你也会变成这样。”

“哈哈，你真这么想?”

“我真这么想，你会比一个男人还强，虽然你把头发留长了……”

今天，他穿了一件棉麻质地的淡色衬衫，袖子卷起了一半，手上只戴着一只机械腕表。一道柔和的阳光打在他肩上，悠安看到了，而他没有察觉。有一瞬间，她看着他，好想拥抱他。但是他们礼貌地保持着距离，没有人提起那一封信的事。

茶厅四周嗡嗡的谈话声被前卫而清凉的曲子掩盖了，留下70层高空中一片金属的色调，闪烁着冷冷的光泽，逐步流失温暖的双手在茶杯的壁沿搜索着温暖。时间过去了，茶水凉了，他们两个人浑然不觉。他们像一对好朋友一样聊了很久，有某种久违的亲密感。天佑笑起来的时候，她看到了他那一对有点可爱的小虎牙。

“你呢，悠安，你什么时候回来？”他问。

她说：“不知道，我会继续工作，继续在巴黎生活。那是现在的计划。”

“时间一天天过去，你会对回国越来越矛盾，如果长居在那里，你要融入那个社会，你还要思索着如何不脱离你原来的圈子。再往后，还有你的家庭和你的后代。你的家人，都想你回家……”

“我不像你，我没有退路，我背后也没有一个完整的家。”她假装很漫不经心地说。

“他们即使不在一起，也仍然是爱你的。”他说，“除了他们，还有很多爱你的人在这里等你。”

他们的眼神又一次遇上了。

这时悠安迅速躲开了，她害怕他的眼睛……那种危险的感觉，会让她忍不住想去探寻。他们彼此之间总是若即若离，又在不能明了的某处紧紧相连。这种若即若离的感觉，让她内心深处感到备受折磨。

天黑下来时，他们沿着珠江边散步。夜晚城市的轮廓缀满了点点灯火，灯光倒映在水中，岸边的树下有人在唱歌，来来往往的人身上都带着南方特有的气质，潮热而随性。光怪陆离的游船载着马达的轰隆声和音乐声从江面驶过。天空被地上的光照成了深紫色。这个城市一如既往地热闹，但热闹是他人的，悠安的心却挂在了这个男生身上，被他的一言一行牵引着。他好像成了一个陌生人，需要她重新去认识。但又那么熟悉，好像她轻而易举就能了解他的所思所想。他像一片宁静的海，她听见浪声沙沙，她赤脚站在岸边，潮水一阵一阵涌来，她却没法像一尾鱼，沉入海底中。

她甚至不敢去设想一切的可能性。她想把自己抛给时间，随着潺潺流水汇入下一个命运的意志中。她感到命运无常，不由得自己主宰，因而也深知执着的无用。

“天佑，你看，我又回到了这里，有种时空交错的感觉。”

“这里是你的家，你随时都可以回来啊。”

“我也不确定哪里才是我真正的家。每个人命运都不一样，我可能就注定四海为家了。”

悠安觉得，天佑像是一个带着她回忆这座城市的人。

他们东一句西一句地说话，从灯火璀璨处走到了幽暗处。

这种回忆，有缓慢的暖流，又有暗涌的气息。她不知道自己身在何处，也不知道自己将会去往何处。

有一半的她，永远留在了几千公里外的法国，另一半的她回到了此地。

有一个她将要回到巴黎，开始她的工作，另一个她，将长久地想念这个有家的味道的城市，或许还有此刻在她身边却即将远离的年轻男人。

生命中有一些时刻，是缄默的，笑中带泪，即使大声呼叫也不会有结果。只能默默无言地让时间安抚暗涌，谁也不能了解，甚至想要倾诉也未必能说出一个字。

夜深时，他把她送回家。

“如果此处有人很想你留下，你会因为他留下吗？”告别时，他悲伤地说。

她站在这个男生面前，心里忽然有种不可抗力的软弱。

他抱着她，紧紧地，深深地抱着。心跳飞快，两个人的心跳。

他又轻吻了她的脸颊。轻轻地，像是吻一片花瓣。

她把头埋在他的怀里，碰到了他的锁骨。他的怀抱那么宽，她闻到了草的气息，森林的气息。

他们各自回了家。那个晚上，隔着荧屏跟对方说话说得很晚，直到筋疲力尽。他们并没有预知到隔着荧屏说话这种状态会持续到什么时候。

天佑第二天一早坐上了飞往北方的飞机出差。悠安睡得很浅很浅，半梦半醒直至天微微发亮。她5点就起床了。也许因为时差，也许因为想念，想念久未谋面的这个城市。

这么早，7月中旬的天却已经很亮，有了南方夏天特有的气息，无论什么时段，都有种热闹、焦躁的气息。她轻轻走出家门，这个充斥着炎热的现代街区里，各色各样的上班的年轻人穿梭在路上，那么早，路上已经有那么多的人，他们就是薛天佑所说的，支撑起这个国家急速上升的一群人。

她随着他们走，步伐那么快，汗水已经微微渗出。太阳爬起来，落到皮肤上是一种灼热的感觉。走到了附近的麦当劳，她像以前一样，像许许多多个早晨赶着上学那样，买一顿能带走的早餐。然而，她却挪不开步伐，对点餐员忍不住说出了“堂食”。

离开久了，就连一顿麦当劳早餐都变得有情绪了。原本所有的感觉，随着离开的日子独自叠加，在看不见的暗处自行发酵，到悠安再度回到这里，它竟然能跟她说：“啊，你回来了，好久不见。”

像一个老朋友一般。她忽然想问问这个城市：“我变漂亮了吗？我比以前更迷人可爱了吗？”她常常幻想自己凯旋的场景，神采奕奕，有一圈爱自己的人在迎接她。然而，变得更流光溢彩的是这个城市，而不是悠安。她，只是更加沉寂了。她独自拉着箱子回来，一切物是人非，只有时时刻刻无不在流逝的岁月在耳语着：“小姑娘，岁月可是不等人的。”

“今天是法国国庆节，准备着去看埃菲尔铁塔的焰火晚会。”茉莉在社交网络上发了照片，查尔斯以及他的两个朋友也会一起去。他们给悠安发来问候，希望她也在场。巴黎的天气极好，天空湛蓝，晚上的焰火晚会受到了庇佑。有朋友记挂的感觉真好，她真想念他们，真想念浪荡的法兰西。她又那么依恋自己的原生城市，她的祖国。她一边贪心地想把两者同时拥有，一边又深深知道在巨大空间的跨度中人的渺小。

在形形色色的人群中，能量流动着，善恶与好坏都在当中来回变换。爱恨绝对分明的酸爽似乎在逐点逐点瓦解。忽然之间，悠安看见尘世中的人，竟然是如此不完美的存在。没有谁是必须承担一切后果和指责的坏人，也没有谁是永远不出差错的好人。人们各自彼此分享着大大小小的事情，有时当个不太坏的坏人，有时又当个不绝对好的好人。

她又试图去原谅，试图去理解。她这样想的时候，似乎感到安全。她试图告诉自己，每个人都有善良的一面；每只动物，只是被隐秘的生存本能驱使而做出伤害他类的事。她这样想的时候，以为自己很有智慧，倍感安慰。

然而这种平衡轻易就被打碎了，支离破碎。

回法国的前一天，父亲凝重地坐在早餐桌子旁，看着新闻。他对睡眼惺忪地走出房间的悠安说："法国又出事了，一想到你坐飞机回去，爸爸就很担心。"

他说得很简单。然而法国不只是"出事"，是又一出血腥的惨案，在蔚蓝海岸，尼斯，那个蓝宝石一样的海滨城市，发生在昨夜的法国国庆节。在盎格鲁海滨大道上，国庆节的夜晚，卡车像蜿蜒的蛇一样碾轧看焰火的人群，死者中甚至有很年幼的小孩。大家都在谴责，所有人都在扼腕叹息，有对恐怖主义义愤填膺的人，也有趁机讽刺法国自作孽的人，有泄愤的人在众怒中煽风点火，各式各样的言论在网络上铺天盖地地蔓延，留下的是不断被动摇又不断被刺激的民众。

她默默回到了房间，把新闻一条不漏地看着。母亲打来电话，悠安一听到她的声音，就流下了眼泪。

“妈妈。”她说。

“在家里还好吧？法国出了太多事了。你出门在外要看好自己。”

她哽咽不止：“妈妈，我什么时候能见到你？”

“妈妈一直都在呀，你想什么时候来都可以。”她劝慰着她。

“洛杉矶凌晨两三点了，妈你怎么还没睡？”

“想着给你打个电话，就睡了。”她温柔地说。

等悠安再度走出这个房间，她将会见到父亲的妻子，同一个屋檐下的人，还有他们新生的儿子，那个可爱的粉红色婴儿会发出或是哭闹或是咿呀学语的声音。可是，他们都无法认可或者稍微理解她的心情。有一部分的她自己将永远都不再回来，有一部分的她自己将永远留在了远方，在那个此刻受伤的国度。她坐着飞机回来，只回来了另一部分的自我。另一部分的自我，永远散落在世界的各个角落。这一年的经历塑造的那一个远方的自己，那一个她，不为父亲知道，不为此刻生活在同一屋檐下的任何一个人知道。巨大的孤独感蔓延着，伴随着可怕的消息，让人孤立无援。

天佑在哪里？他或者是此刻唯一能理解她的一个存在。但那个彼此曾经共同经历过的国度，此时似乎与他无关了。他忙碌地奔赴到事业中，对那段异国经历的情愫放在了他心里隐秘的地方，不为悠安所了解。她觉得他是那样清晰地知道自己想要什么，向着自己璀璨的未来走去，不轻易被路上的点点美好境遇吸引。

回家一个月之后，悠安还是坐上了返回巴黎的航班。带着对天佑的思念，她又一次离开了自己的国家。

在机场，父亲再三叮嘱，眼睛里有多愁善感的老父亲特有的那种泪光。她拥抱了他：“爸爸，你想太多了，巴黎好着呢，你女儿命中多福，就别担心了。”

她又在去往远方的路上，此时只有在茫茫高空中无能为力的十几个小时，是属于自己的，可以做梦发呆看苍茫夜空。人在这个时刻，随着900公里时速的机体往前，像是随着命运的指使，无能为力地奔赴未来一样。生命的终点在于死亡，这趟夜机的终点是异国。明天的黎明，她就会重新开始另一段生活，原先的那个女孩早已沉睡在时间的长河中，再也不会苏醒了，只留下记忆。

查尔斯前一天说要来机场接她，他说会带给她一个惊喜。她惊讶地发现自己并不期待，她跟他，从来都没有什么深刻的事情。她心里想的是，如何跟茉莉说起天佑，如何装着不经意地、自然而然地说起。她的手机中，还留着三个人的合照。她看着彼此的笑容，对旧时光的怀恋在夜空中衍生出一阵一阵的悲伤。

悠安明白，世界上不会永远为了一个人而停止运转，她也无数次听别人说，如果深爱一个人应当勇敢，应当不顾一切，不必太在意别人的想法。但此刻她却了解到，无论多么勇敢的人，也难免要忍耐着这种孤独的时光，只能这样默默地等待时间过去，无法对谁发脾气，无法对谁大声喊叫。大部分的时间里，人们都是孤单一人，隐忍地活着，来对抗着漫漫长夜中的虚无感。

2. 勇敢的人

来机场接悠安的是查尔斯和茉莉。

他们手挽手地出现在她面前。茉莉手中握着一束花，送给悠安的，是白色的玫瑰。

“悠安，我们等不及要告诉你，我们在一起了。”

悠安一手拿着花，一手拉着行李，一时间不知道说什么好，竟然有点释然。

“在周末早市买的，买完刚好来接你。”茉莉说。她的笑容甜滋滋的，妆容精致，好像变回了那个让人艳羡的女郎。这是爱情的力量。

戴高乐机场返回市区的路上，太阳照旧升起，落在人的脸上。高空飞行让她很疲倦，也没有心思再问他们相恋的原因。她靠在车窗，看着缓慢的车流。

流行情歌电台里播着席琳迪翁的歌：“一声叹息，一个错误。我们的点点滴滴只是那么微不足道……”唱得那么铿锵有力，欧美人表达爱的方式总是那么直白。

茉莉转过头来：“我喜欢你在伦敦时送我的香水。”她主动提起了伦敦，像什么事情都没有发生过那样。车里充满了熟悉的伊甸园般甜腻的气息，像是某种爱情的味道。悠安再一次觉得自己多心了，谁会在乎别人怎么想。茉莉美人，永远只跟着自己心里的声音走，像个女战士，悠安感到自己在她这种决绝果断中是个彻头彻尾的失败者。

回到家，悠安给自己煮了奈丝派索的咖啡，躺在气味熟悉的床上。离开了一个月的房间被收拾得一尘不染。咖啡的香气袅袅，脑子空空，也许因为高空飞行。

查尔斯来敲她的门。

“祝福你们。”悠安抢在前头。

他有点腼腆：“如果你有时间，我想跟你聊聊天。”

“说吧，我现在就很闲。”

“我知道这有点唐突，但是我们都直觉这是对的。”他支支吾吾，像个小孩子向家长承认恋爱。

“哪一天开始的？”

“国庆节的第二天。”

“很容易记住。”

“我想来跟你说，10月以后，我的实习结束。我和茉莉，计划着去旅行，去亚洲和非洲，或许还有南美洲，走到哪里算哪里。”

“勇气可嘉。”

“实习以后，我有一个空档年。茉莉向学校申请了延后毕业，一年以后她再去实习把绩点修完。她需要一个休假，调整状态。”他一脸认真。

“沉浸在爱情中的人真是好。”悠安闭上了眼睛。

他像个大男孩一样动情：“悠安，你也许不知道我跟她有多么相似。我知道说出来让人难以相信，我和她都是由母亲单独抚养长大，她承受的事，我感同身受。母亲是个法国人，父亲是个意大利人，我5岁时他们就分开了。事实上，我们成为怎么样的人，与父母根本无关，只与自己有关。”

“我佩服你们的勇气。不像我，永远退缩。”她有点自怨自艾。

“悠安，如果你不勇敢选择你自己所爱的，是永远不会懂的。我们的生命总是那么不可预测而难以解释。茉莉是我见过的一个很有勇气的女孩；在世界上，无论男男女女，这种勇气都极其少见。我想要跟这个勇气可嘉的女孩一起经历精彩而不可预测的人生。”

悠安笑，笑这个男孩子身上难得的纯粹天真，也笑自己在飞机上的多虑。茉莉早已忘了薛天佑。而自己，才和薛天佑是同一类人。他们都是那么缺乏勇气。

但她摆摆手，掩饰自己：“我有我自己的选择。”

“悠安，以前我们的事，你不必放在心里。”

“得了，查尔斯，你低估了我的‘宽宏大量’，也低估了我们这代人的健忘症。”

他看起来像是舒了一口气，过来拥抱了悠安，跟她贴面礼告别。深邃的蓝眼睛看着她，说：“祝福我们吧，悠安。我也祝福你早点找到你的爱。”

“请你务必对她好。”悠安最后说。

他点点头，离开了去上班。悠安倚窗看着他的背影，多美好的一个法国男孩子。

厨房里，茉莉正在做水果派。她一边听着法语歌，一边把苹果切成片。看见悠安出来，眨眨眼睛。她的笑容还是那么甜蜜，仿佛轻生之事不曾存在，让人惊讶。是啊，一个勇敢到可以了结自己性命的人，也能有十足的勇气重生。

“你的……男朋友刚刚离开了。”悠安生硬地说。

“噢，我知道。你这样称呼他我很不习惯。”她头也不抬地随意说。

“你喜欢他?”悠安又唐突地问。

“哈哈哈……”她突然笑了。

“为什么笑?”

“不知道为什么，你这样问我，很幽默。我不能回答你说‘喜欢’，也不能回答你说‘不喜欢’。你问我喜不喜欢他，就好像问我，‘你喜不喜欢你的右手’这种感觉。”

“噢？已经亲密无间到情同手足了？”

“不是这个意思。事实上，我跟他没有发生‘那件事’。但我却觉得跟他认识了很久，像一个久别重逢的亲人一样。我觉得他充满力量，是个能跟我走遍世界的人。”她的声音并不激动，也听不出心跳加速。但是从她好看的侧面，有许久不见的平静气息。她此时甚至有点像个家庭主妇。

“你回国怎么样？家里还好吗？你家里的新成员？”她又道。

“还不错，都还活着。”悠安耸耸肩。

“你这个人就是太倔强。”她嫌弃地看了悠安一眼。

“我见过薛天佑。”

茉莉眨眨眼，看了看悠安：“哦？”

“我是你的手下败将，茉莉，你总是这样风风火火，那些我惊惊慌慌不敢拥有的你都随意占据又舍弃。”

“人生苦短，及时行乐。况且，我也没有跟你抢夺什么。”她摇摇头，“你吻他了吗？你应该吻他，然后把他整个占据。你心里不是这样想的吗？去做啊。”

“茉莉，拜托，这不是我的风格。”

“到这种时候，你还是那么多借口。”

9月末，茉莉搬离悠安家。临走时，她留下了一衣柜的昂贵衣物，有香奈儿的浅口平跟鞋、伊夫圣罗兰的黑色连衣裙、鲁布托的高跟鞋、迪奥小姐香水和从未穿过的古驰礼服……也许她有过闪耀的如同电影里面看到过的虚荣的梦吧，以为巴黎真的如同盛宴。来学奢侈品的人，大多都是懵懵懂懂地慕名而来，没有几个真的对这些昂贵的物质习以为常、驾轻就熟，又不是生来就是名门望族。繁华如泡沫。茉莉拥有过，看得透，舍弃得也从容。

“太贵了，我不能要。”悠安说。

“我没有家可以寄回，也带不走，留在你这里让人最安心。从此你就来当它们的主人吧。”她说。

在镜子前，她用双手指尖拿起一条小黑裙，停在悠安的锁骨前。

午后的光线中，镜中的女孩有说不出的相似。都在这一年、这一个时刻长发披肩，画着一样颜色的口红，都那么纤瘦，几乎同样的身高。你可知道？悠安是个难以自控的“小偷”，她一直在窃取茉莉的美丽，她在偷窥着，模仿着，贪婪地成长着，像是本能一样，不可阻挡地学着当一个美丽女人，一个茉莉一样的女人。

“再见了，悠安。”她抱住她。两个瘦弱的身体，只能碰到彼此的骨头，无法互相取暖。

“你总是来去匆匆，只想着自己，从来不想想我。”悠安埋怨她。

“我从小就没有什么女性朋友，也没有遇到过几个像样的好人。你竟然一直把我当作朋友，待我如己。你真好，悠安。我会一直记得你。”

“别说这种听起来像是永别的话。”

“我们会再见的。”

“也许，60年以后？”

“悠安，你是个多么可爱的女孩。”

“可爱，是用来形容那些不够美的女孩。而你，你是我见过最美的女孩。只有‘美’字能跟你匹配。”悠安坦诚地说。

“真的不讨厌我吗？”她问。

“讨厌和喜欢可以同时进行？”

“我想是可以的。”她莞尔一笑。

“那好，我一边讨厌你一边喜欢你。不过我不擅长讨厌一个人，总有一天，我肯定会用尽了讨厌的情绪，就只剩下喜欢了。没有人能讨厌别人一辈子，但喜欢一个人却心甘情愿、不费力气。很快，我对你就只剩下喜欢和怀念了。我祝福你，跟查尔斯，能够好好地在一起。”

一个清晨，茉莉悄无声息地离开了。

只在床头留下了一纸字条：“悠安，去追寻你爱的一切，别害怕，生命很短。”

屋子一下子安静下来，可是她的气息却挥之不去。虽然她在悠安家只住了短短的几个月，其中大部分时间还在对抗着身体的伤痛。此时她离开了，悠安甚是想念。她睡过的房间仿佛永远有她身上甜冷的香味。悠安重新把它变回了以前的小画室，尽管她已经许久不画画了。周末有时间的时候，她就坐在那里听音乐，独自一人喝酒，然后发呆。有时候在家里，感到无比的孤独，想要有个人说话，渴望被人需要。她试图养一只猫，可是走到宠物店面前，踌躇许久，又离去。悠安连养一只猫的勇气都没有了。

她依然每天和薛天佑联系。思念的感觉一阵阵，像海浪一样，可是谁也没有越过边缘。她会想，究竟他是她的谁。

有些晚上，她会独自一人喝酒喝得酩酊大醉，然后尽情地哭泣或者大声说话。以前，她总被教导成一个听话的人，不要轻易表达自己的情绪，不能随意透露自己的内心，因为在以往的教育中，如果过分抒发自己是会对别人造成干扰的。过去的很长时间里，即使没有人在身边，即使没有人在听，她感到自己大声说话、发泄情绪也会对家里的墙、家私或者植物造成干扰。但是在巴黎的某个普通的夜晚里，她发现自己终于突破了这个魔咒。她不断地摸索着打破自己的过往。

剩下的时光，是大片大片的空白，澄澈干净，只有巴黎恬静美好的阳光、蓝天和音乐。

尹俪卿回国前来她这里借宿了两天。

“悠安！你这几个月都在做什么？好想你啊。”已经好几个月不联系的同学，她永远有着夸张的热情。

“回了一次家就回来了。你呢？”

“我就是四处旅行一下。”她在悠安家走来走去，东看看西看看，“几个月前生活还多么热闹啊，一群朋友还一起吃火锅。走了一圈回来，大家都回国了，留在这里的人寥寥无几了。你这里倒是没有什么变化。”

得知茉莉在这里住过一段日子，她睁大了眼睛：“噢？你们和好啦？”

悠安听着有点尴尬：“恋爱的人都会忘记朋友，这是正常的事。”

她将信将疑：“这么说，他们现在已经分开了？”

“这已经是陈年旧事了。”悠安有点无奈。

“我就想着是这个结局啊……我怀疑，茉莉不是那么简单的一个人哪。”她若有所思地说，眼神复杂地看了悠安一眼，见她不想继续这个话题，只好罢休。已经听烦了这种评论，好像自己是清白高尚的一样。活在世上，谁没有一些藏起来的事。可是人总是喜欢通过贬低别人来提高自己。

突然，尹俪卿转过身来，定神看了悠安一会儿：“等一下，悠安，你变了。你不像我以前认识的你了。你变得……有女人味了。”

她没有待几天就坐飞机回国了。她见了一大圈子的相亲对象，她的家人催促她“尽早进入人生下一阶段”。

在空荡荡的8月末，悠安开始上班，工作的地点是在蒙田大道。从法兰克林罗斯福站出来，就是巴黎最繁华的香榭丽舍大街。法国人的假期，这里还是那么熙熙攘攘，挤满了来自世界各地的观光游客，卖艺的人、咖啡馆、拍照的人、提着层层叠叠的购物袋的人、打着双闪的汽车、各色的霓虹灯，如果不是抬头望见远方的凯旋门和古建筑，很难想象此时此地，在很久很久之前的岁月中，还在使用煤气灯的时代，有过一位握着白色茶花的交际花坐着马车穿过此处石头铺成的大路。越过了这些人群，她就来到蒙田大道，从一扇古老沉重的棕褐色巨大木门走进去，穿过一条拱形长廊，又经过几道门，输入几次密码，来到了上班的地方，在五楼，从窗户能俯瞰香街。有几面巨大的镜子会提醒人时刻要注意形象。卖命工作的人几乎没有心思停下来听人说无关紧要的话。在香奈儿的设计部门，她负责把设计师的才思妙想变成小样。新的工作让人充满激情，悠安投身其中。在人生的第一份工作里，她每天要学的东西又烦琐又多，她感到自己是一片贫乏的土壤，睡眠的贫乏、文化的陌生感、表达中精准的法语词汇的缺失，还有心中那一个永远没办法找到的黑色的洞穴，她那么饥渴地想要学习，根本没有时间去胡思乱想。

3. 摩天轮

查尔斯和茉莉出发去非洲前，跟悠安见了一面。

周五傍晚，悠安刚结束了下午的小型私人秀场的工作，踩着高跟鞋穿着正装就直奔约会的地点。那是一个玛黑区的普通小酒馆，位于十字街口不起眼的一角，旁边是个文艺复兴风格的老教堂。悠安再三确认，才走了进去。10月末，晚上7点多天光已经非常暗淡，墨蓝色的夜幕低垂，大街上星星点点、华灯初上。

要不是那一头被随意地绾起来的黑色长发，悠安简直认不出那是茉莉的背影。热烘烘的酒馆里，装饰着破破烂烂的万圣节装饰，服务生也画着鬼脸，气氛怪诞热闹。酒馆里坐满了衣着休闲的法国人，或是高谈阔论，或是一本正经地喝着酒。她穿了一身黑色的休闲服和一双跑鞋，清秀的脸上只化了淡淡的妆容，看起来精神很好，脸颊泛红。为了搭配下午的秀场，悠安脸上冷感苍白的浓妆此时还没有来得及卸去，倒是有几分契合万圣节的气氛。但高跟鞋并不适应这窄小的过道和松动的木头小梯级，她踮着脚小心地坐下，仿佛误入了一个左岸平民知识分子的聚会中。

“看看我们的时尚女魔头来了。”查尔斯揶揄她。

“茉莉，我不信你以前穿过运动服!”悠安没有搭理他。

“噢，这个嘛，我们下午的时候去了卢森堡公园跑步。”

“跑步！你以前从没有过一双运动鞋。”她惊呼。

她不好意思地笑了起来：“我也是想让身体好一点，为旅途做准备。”

悠安要了一杯莫吉托。在她眼前，茉莉和查尔斯，他们两人的手一直握着彼此，好像一对连体婴。

“怎么样，什么时候出发?”

“后天中午的飞机，巴黎到卡萨布兰卡。”查尔斯说。

“我们不想像个过客那样随便走走，每个地方尽量多住几天，交一些当地的朋友。一边走，一边做点零工，体验一下他们的真实生活。我已经开始写作了，在路上会有很多时间，我会一直写。”

“真羡慕啊，我还是工作、工作和工作。”

“噢，你可以辞职跟我们一起去，听说中国年轻人很流行这样。”查尔斯又开玩笑。

“够了查尔斯，我不想去当电灯泡。想象一下去到撒哈拉沙漠，你们在苍茫的落日余晖中拥吻，而我抱着一匹骆驼……”

“哈哈哈……”

他们这样东扯西扯了一会儿就离开了小酒馆。

他们送悠安回家。汽车在巴黎的夜色中一路经过圣日耳曼大道，驶过奥赛码头，经过铁塔。时间是21点整。铁塔闪烁起来。他们无数次从远到近，从各个角度看过它，在落日、在清晨、在下雨天、在碧空下、在夜晚中。怎么看也看不够，仿佛那是一种永恒的美丽，那就是巴黎。在这里的时间越久，情结越深重。

往事历历在目，一切一切悠安都清楚记得。人们来来往往，总有个前方。而她像个收集癖一样把所有的事情都深藏在心，不曾忘记。

再过两个星期，就是悠安的生日了。身边这一对即将奔赴远方的小情人记不得，除了父母和脸书，可能没有人会孜孜不倦地记得你降临这个世界的那一天。世界少了谁，都会继续下去。对于一眼看不到头的空间与时间，每一个三维的人都是那么微不足道。可是，这一次生命又是那么激动人心、不可重来。

悠安生日的那一天是立冬，一个平常的周一。她跟往常一样，以三明治、果汁和咖啡作为午餐。晚上还是一个人回到空空荡荡的家里。如果是一年前，她一定会翻遍朋友圈，专门往热闹的地方钻，玩到午夜还孜孜不倦。可是今天，她只想安静地过。广播中听到协和广场的摩天轮也即将开放了，播音员特别强调："冬天到了，巴黎变冷了，恋人们千万别错过这建立深厚关系的好去处。"

薛天佑给她发来信息："生日快乐，悠安姑娘。"

大约一年前，她和他，还有茉莉，还在伦敦3摄氏度的夜晚，在威斯敏斯特大桥上看过伦敦眼，他们三个瑟瑟发抖，始终没有勇气坐上去，没有胆量度过在高空中的三十分钟。他们在夜色中腼腆不已，隐藏了自己，不够坦白，错过了那建立深厚关系的时光。才过了那么短的时间，悠安觉得已经过去了好多年……他们都远离了她的生活。

她和薛天佑之间，始终是缓慢而有点儿忧伤的关系。已经不是朋友，却仍不是恋人。

她又记起，作为东方人的他们都相信命运轮回之类的说法。此时她忽然觉得，生命其实就是一个圆圈，像摩天轮一样，人们在上面，忽高忽低，时而兴奋，时而惊栗，时而欢笑，看尽人间流动。人们活着，就是这一个时空中有幸搭上这一趟摩天轮的人。一群群人来了，一群群人离去，搭过的人都哭着笑着离开，没有上过去的人还排着长队，张望着，等待着自己的那个座位。有些人甚至不敢走上去，就像悠安。升到高空的人，有些紧闭着双眼，不敢从高处往地面看去，等待着时间停止；有些人迫不及待，转了一圈又一圈，意犹未尽；有些人迷恋高空，宁愿一世高潮迭起，不会坠落；有些人勇气可嘉，伸开双手，拥抱升降的危险，就像茉莉。谁能料到自己会看到什么样的景色，碰见什么样的人呢？

“我们都只是被命运推着走的人。”茉莉的声音总在耳边响起。她们俩最好的一张照片，就是站在泰晤士河旁，面向大本钟背对伦敦眼的那一张。那个时候，他们三个好朋友从酒吧出来，雨刚好停了，她在冷风中帮悠安用香奈儿唇膏画了一个红唇，天气那么晦暗，却把两个女孩衬托得格外迷人，她低头一笑和悠安抬头大笑的瞬间在薛天佑的镜头下恰到好处地定格。那时的可人儿，此时在哪儿？

圣诞以后，商学院的毕业礼邀请函在每年最冷的日子里如期而至。邮件中有长长的一串名单，悠安急急搜索着一个个熟悉的名字。他们都成为朋友圈中熟悉的陌生人了。他们都在，悠安自己也在，只有茉莉不在了。她离开了这个懵懂的队伍，飞到了远处，跟这些稚气的同学错开了。悠安从邮箱中取出那一封装着这个属于下一个春天的邀请函的米黄色信件，应对着从塞纳河吹过来的凛冽寒风，一边把深红色的手套戴上。暖融融的圣诞气氛还在持续着，香榭丽舍大道上灯光璀璨，摩天轮是法国国旗的颜色，走在圣诞集市里，时不时还能闻到烤栗子和炸甜条的香味，这种像童话一般的梦将一直持续至下一年的开端。一个人在这个陌生的城市生活久了，她渐渐学会了对这些甜蜜的美缄口不言，藏在心里，不轻易说。偶尔会有眼泪掉下来，她把这种感觉称为乡愁。

有时候下班，她会跟同事出去喝一杯。她也渐渐学会了对别人的故事少听少问，不去偷窥别人的人生。事实上，大部分人的生命都乏善可陈。每每有女生跟悠安诉苦生活的琐事和感情烦恼，她就情不自禁地记起茉莉在疼痛和低落的时间中一言不发、淡然坚忍的模样。有时候，悠安觉得她真是美，有种古典的高贵和傲娇，从来没有祈求别人的怜悯，甚至不要求他人站在她的立场一侧。

有一天早上醒来，看到早晨新闻上赫然写着的新年祝福，悠安惊讶不已，好像遭到了一个好朋友的背叛，它悄悄地、自顾自地改头换面了也不告诉任何人呢。巴黎度过了一个平安的圣诞节和新年。母亲在史密斯家过完了假期，第一次一个人坐着飞机跨过大西洋来看她。

“乖女儿，拍拖了没有?”她笑盈盈地说，眼睛眯成一条缝。她比印象中更娇小玲珑，更白皙，更不像一个母亲，而像一个少女了。唯一不同的是，她好像找到了她的远方，再也不像是以前那一团焦灼不安的火焰了。

“史密斯怎么没有陪你来?”悠安有点不满。

“他一个星期以后来，想腾出私人空间给我们母女俩。”她说。

“很少见到老美有那么细腻的心思。”她见过他的照片，一身休闲装，棕发，戴着一副约翰·列侬风格的复古款眼镜，表情憨厚，比自己母亲还年轻三五年。

她情不自禁伸手抚摸了女儿的头发。这一个动作，悠安很受触动，多少年来，这种温情的时刻都是极其稀少的。以前，她是一个雷厉风行的女人，性格刚烈，甚少母性，怕她的人背后都叫她小辣椒。悠安现在知道了，那时的焦灼是源于远方抓住了她，扰乱了她的宁静。就好像一两年前，远方也抓住了自己，她把自己打扮成了一个不解风情的男孩，以为远方是放浪不羁的自由。现在，母亲已经抵达了属于她的远方，便化成了柔软的水。悠安也去了远方，不久以后，她也会平复所有的焦躁吗？远方会把她打磨成什么呢？

“我的女儿真美……”母亲喃喃地说，好像第一次认识自己的女儿一般，“你还没有回答我的问题。”她锲而不舍。

“妈，我连我喜欢女生还是喜欢男生都搞不清楚，怎么回答你的问题。”悠安开玩笑。

“来法国学坏了。”她看着女儿笑，“比我年轻时淡定得多。以前我们都以为结婚生子是理所当然的，不了解自己。我遇到你爸，都没有亲过嘴就结婚了。那时候才22岁，比你现在还小一点儿，外婆吓唬我说再不结婚就要孤独终老。现在想想都好笑。”

“现在的人也好不到哪里去，男女之事全部做尽了也不见得能结婚。各有各的好。”悠安说。

“小小年纪想那么多。”

她看女儿在她酒店的健身房跑得汗流浃背的样子，又一次惊讶不已：“以前，想让你出趟门比登天还难。看来还是法国更养你啊。”

自从茉莉离开以后，悠安几乎一有时间就会去健身中心。不见得对自己的身体有多在乎，只是相比看电影、喝下午茶这种，健身中心那种地方更适合一个人去。

史密斯来了，跟祁悠安聊艺术、音乐、建筑、星座和法国人，一个大男人好像个孩子那样好奇。他是宾州的一个大学教授，跑来中国做学术交流时遇到悠安母亲，以前是个未婚的单身汉，平时没事就去研究各种“稀奇古怪的学问”。

“他就是那样，什么都喜欢。”母亲说。

“我最喜欢的还是你，其他的是用来让你喜欢我的。”他说。不知道为什么，这种一本正经的甜言蜜语在老外口中说出来并不让人觉得尴尬。

他们去了老戏剧院街的普罗克布咖啡馆吃晚餐，他就讲莫里哀，讲萨特，讲伏尔泰，又讲来过这个餐馆用餐的富兰克林。那一天悠安坐的位置的背后恰好挂了一幅卢梭的肖像，是他喜欢的哲学家，他又开玩笑说这种画像是有魔力的，会把有智慧的大脑吸引到跟前。

悠安开始喜欢他了，这时候侍者过来给他们打开了一瓶香槟。母亲略微惊讶。史密斯这个时候竟然单膝跪地，从西装里面取出婚戒，在“卢梭”和悠安面前向她母亲求婚。

“不会是真的！太戏剧化了。”悠安惊呼。

母亲喝了红酒，脸蛋红红的。她点头答应了，眼睛有泪花。这儿用晚餐的法国人都鼓起掌来，母亲哭了，场面非常感人。

他们返回美国时，在机场，史密斯把悠安拉到一边。

“悠安。”他说，“谢谢你这几天花时间来陪我们这一对大小孩，我半年前就想向她求婚，但我知道在她心中最重要的人还是你。我终于等到了这一天，在巴黎的左岸，在你的见证下把戒指给她戴上了，我想让她得到幸福。”

悠安把他们送到安检的过道，正要转身离开。母亲把脸背过去，转过来时，眼睛已经红了。悠安一看到她的眼睛，就知道那是因为自己而来的眼泪。一瞬间，她也哽咽了，鼻子酸得不行。累积了那么久的坚强像被洪水吞噬的泥沙堆城溃败不堪。她又叮嘱了几句，直到不得不离开。史密斯两只大手把两个女人拥抱了一下，作为告别。悠安看着他们的背影离去，在明亮的戴高乐机场，哭了许久，依旧久久不能平复，有匆匆的路人给她递手绢。

“年轻的时候，我们都遇到过一个又一个这种离别的事。如今我们老了。”中年大叔用法语说。他迈着急急的步伐去赶飞机，留下了一个背影和一条沾满眼泪的手绢。

4. 假面舞会

3月18日的毕业典礼，你会在吗?

这一年的主题是假面、复古与迷幻乐。听起来极其迷人，像电影里的场景。但是，你会在吗?

…………

悠安做了一个梦，梦见了鸦片与大麻，梦见了硝烟四起的军营，梦见了纠缠在一起的麻绳其实是活生生的蛇，梦见了她不再是她，是另一个人，那个人被束缚许久很想逃脱，然而汽车与机械的轰隆隆的声音扰乱了人的意志，踏着同样步伐的人们穿过沥青未干的街道，发出热烘烘的灼烧的气息，那是一支军队，一支裸体的军队，不知羞耻的男男女女在霓虹灯光中踽踽前进……她大声呼救薛天佑，他想要跑过来，然而他们之间的距离却永远不能靠近……

她在燥热的清晨5点醒来，天还没有亮起来。她摸索到了枕头边昨晚睡着前翻过的书，湿漉漉的，大概还有泪水。就那样睡着了，还忘记了关暖气。咽喉像灼烧一般干燥，她从床上跌跌撞撞地爬起来咕咚咕咚地喝着冰箱中的果汁。身体被热和冷同时煎熬着，软弱无力，她跌回了柔软的被褥中。

黑暗中发亮的荧屏点起冰冷的灯光。暗蓝色的天光下的街道静悄悄的。这一天是周六，悠安在香奈儿公司上班的最后一天，3月18日，她的毕业典礼。

那些告别了一年多的年轻人都回来了。昨天，他们纷纷空降到巴黎。一群红男绿女，名字听得熟悉，从频繁的朋友圈状态中也可以大致推测出各自的人生轨迹。但无论如何了解，都似乎变成了熟悉的陌生人。白一珩是第一个给悠安发信息的，他独自乘飞机在两天前回来了。

“嘿，还记得我吧？毕业典礼你去吗？”他这样说。

“当然记得了，你真会开玩笑。毕业典礼，我还要上班呢，不一定会去。”她礼貌地说。

她请他喝了一杯。他是个已婚男人了。

商学院的年轻人从世界各地赶回来了，顶着做了不久的发型，男孩子行李箱里装着熨烫过的礼服，女孩子的指甲被修成了玲珑剔透的利器模样。悠安还没有见到他们，社交软件的头条就被这一群年轻的生命占满，精心修饰的图片有着考究的构图，让人看的和不让人看的巧妙安排。因为她们知道，日后这种机会恐怕越来越少了。压力那么大，以至于她们妆容精致的脸都扭曲了，笑容中藏有不安和痛苦也不自知，极力要把这一场表演完成。那一群男孩子把胡子仔细刮去，拉帮结派，等待着一场新的狩猎。

这一个夜晚，不再是因为荷尔蒙。已经没有什么道德危机可以惧怕了，年轻人来这里告别，为的是各自前方的荣耀，为了一个结束的仪式，为了彼此深刻，为了最后的一曲华尔兹。然后奔赴各自绚烂或灰暗的前方。

下午的毕业典礼在市政厅举行。悠安没有参加，她在办公室里忙着把最后的工作完成。办公室里这一天像往常一样安静，让人不敢相信另一边的市政厅正被太空色的灯光和法国歌星的捧场占满，戴着硕士和博士帽子的毕业生在挨个上台领取那一纸证书，热情奔放地用快门记下每一个时刻每一个熟悉的面孔，穿着制服的法国厨师已经在酒廊上陈设了丰盛的食物和琳琅剔透的酒水，不一会儿，在晚上的舞会来临之前，年轻人们已经醉意惺忪，但不会就此停止，他们还要前往巴黎市郊的小古堡，继续迎接也许是学生生涯最后一个派对。此时的香奈儿工作室极其安静。也许只是悠安的错觉，因为那一边的人过分喧哗了。她已经不想去想邀请函上那一长串熟悉的名单。然而她时不时心跳加速，双手冰冷，在整理资料的时候非常不利索。

薛天佑昨天回到巴黎，也许他们会像个久未谋面的老朋友一般见面……

“你在哪里?”他给她发了信息。

毕业典礼的现场，他跟陈铭峯在一起，身边坐着的还有尹俪卿、白一珩、陆盈盈，以及几个熟悉却让人叫不出名字的男孩女孩。这个热闹的场面中，这形形色色的红男绿女中，不会再有人记得茉莉，没有人记得那个曾经万众瞩目又跌落深渊的美人。被忘却是最好的结局，被忘却就等于被原谅。秘密埋葬在少数人心中，让它们随着时间灰飞烟灭。

这一天下午离开公司时，同事们为悠安做了小型的欢送会。和她同一天离开公司的还有实习设计师汀奈，她来自墨西哥，是个棕色皮肤性格温和的瘦姑娘。她们一起坐着优步回家，窗外飞闪而过的巴黎如同幻影。她问悠安是不是有心事。悠安说，她在想念一个女孩和一个男孩，两个住在自己心里面的可人儿。给她看了照片，告诉她今晚的派对。在短短的十分钟的路程上，积郁了一天的话语悠安统统都告诉了她，像是停不下来一样。

她看着茉莉照片，又看着悠安的脸，说："你和她，真像双胞胎姐妹。"

是的，茉莉是个奇幻的存在，像是一个闪光的灵魂，来教悠安成长。

她一直在模仿她的美丽。

她一直在向她靠近。

她既爱她又恨她，她曾经占据了她爱的男孩子。

茉莉曾经脆弱得想要了结自己的生命，却又恢复了勇气，像一只鸟，从长空中飞走了，飞向了她想要的自由当中。

夜晚10点15分，是化妆派对开始的时间。

第一批的派对"动物"已经来到，第二批、第三批都在等待，还会有第四批、第五批……3月的夜非常寒冷，而小古堡却像一团热腾腾的火焰，在夜色中冒着紫色的烟雾。马厩和小瞭望塔上也被装饰了璀璨的冰晶一样的灯。法国有上千处这样的小古堡，它们多数都因经营不善而透露着一种衰微的气质，然而没落的贵族终究还是贵族，人们依然愿意花很多的钱来结婚、聚会、庆祝些什么。人们预订了这一个晚上价格不菲的入场券，盛装打扮，来庆祝学生生涯最后的时刻。有人坐着加长轿车到来，在众人的目光中一群穿着绫罗绸缎的年轻男女戴着诡秘的假面漫步进入紫色的烟与光中。有人坐着派对专车来。一路上，这群金发或棕发，白皮肤、黑皮肤或黄皮肤的年轻派对"动物"拍打着车窗、车顶，制造着打击乐般的噪音，穿过密密麻麻的森林，穿过一盏路灯都没有的夜路，去往他们最后的胜利。车被粉刷成了妖媚的紫色，扑着闪闪发光的夜光粉末。车忽然慢了下来，刹车的声音划破了夜色苍穹。在冷白的远光灯下，一只孤独的觅食的小鹿正在奋力奔跑着。它的出现调走了车上这群灵长类动物的好奇心，他们狂野地呐喊着"Allez——allez——"[①]，直到惶恐不安的小鹿跑进了黑色森林中，车上又重新欢呼雀跃。

夜晚11点30分，祁悠安来到这里。此刻，她身上穿着隐约有着茉莉的气息的伊夫圣罗兰礼服，眼睛被从威尼斯带回来的手工半脸黑绸假面挡在暗处，戴着长至关节的迪奥复古款手套，长发绾成了《蒂凡

① 中文意为：前进，走吧。

尼的早餐》女主角的那种发髻，刘海儿轻盈得随时能在空气中颤抖，左嘴角上画着一颗梦露痣。她被黑夜装裱着，已经认不得自己。唯独蓝风铃香水的气味尤其凌厉，一种对抗着黑夜的幽香，从内衣中爬出，又隐匿在面具之下。月亮在暗夜的空中像银圆一样，带着复仇的气息。而她独自去了一个烟雾缭绕的古堡，戴着一副不是她自己的华丽面具和躯壳。穿过这一扇古老的木门，就进入到这一个夜晚中，这一个不能言说的夜晚。她不去看在门口一角聚集着的那些虚荣又胆小的女孩，她们穿着从快时尚廉价品牌淘来的质量普通的礼服，努力让自己感觉良好，期盼着有男孩子过来恭维，然而悠安一眼就能看透这些衣服下隐藏着的那颗不自信的心。她就这样学着那些电影中的女主角傲慢地走进了那一个地方。此时，来到这个假面舞会的不只有她，还有茉莉。她就在身侧，在无处不在的地方。她在悠安的耳语中告诉着她如何迈步，如何转身，她陪着她，悠安不是一个人。

年轻的看不见脸的男女在古堡的长廊和房间之间穿梭，手上端着酒杯，光滑的皮肤映着紫色与粉色交融的光。尽管小古堡里的暖气和篝火都已经打开，依旧掩饰不了这种夜晚的寒冷，这种来自天际、来自大地的寒冷，让所有的苗条女孩都有了一双冰冻的双手。她们依然不惜一切代价地融入这个夜里，把冰冷的香槟一杯一杯地往余温不足的瘦弱身体中送进去，送进空空如也的胃里，送进憔悴不堪的子宫里。她们管这种自虐的感觉叫自由。

薛天佑在灯光昏暗的后厅，他那么容易辨认，即使戴着面具，身材的轮廓线也轻易地暴露无遗。他们是没有污点的好朋友，他们曾经对彼此说过鲜花盛开的梦想。太熟悉了，以至祁悠安能轻易地感知到他的所思所想，他的恐惧，他的爱，他的脆弱和坚强。他此时侧身靠着爱奥妮白色柱子，脸隐匿在半明半暗之中。他跟一个高瘦的法国女孩朱莉在说话。

去年夏天的那个夜晚，他拥抱了她……在波光粼粼的江边，在中国南方炎热的气息中。

他们之间没有任何承诺。

就好像他们那么坚定不移地相信会见到对方，以至于不屑于给予任何承诺。

又或者是懦弱，懦弱得不敢去承认自己的爱。

悠安走过盛放香槟的铺着红色桌布的长桌旁，经过长廊中金色封边的镜子，在暗夜的灯光中，透过斑驳的镜面，她看到了一个女人，一个既陌生又熟悉的女人。如同复刻一般，她不仅带着茉莉的气息，还成为她。悠安的女神、缪斯、模仿对象、求助者、嫉妒者、爱慕的人、夺她所爱的美人，今天晚上，她跟自己在一起，融为一体。然而悠安这个刚刚长成的身体承载不了她的镇定与勇敢，今晚这一个身体内部如此惶恐不安，以至于双手在颤抖。音乐越来越迷幻，这些灌满酒精的灵魂越来越堕落，而蓝风铃香水的气息竟然那么清晰，仿佛穿透了眼前这些不消停的暗紫色烟雾，时时刻刻地提醒着和风、清泉和煦日存在的证据，那是一种比酒精更厉害的东西，一种藏匿在心灵的渴望，它迟迟不露面，是为了自保，为了争取时间来成长。今晚，它长成了，它探出头来，带着纯澈无辜的面容和一颗百感交集的心。来胜利，来靠近它的王子。

悠安从他们身边走过时，后背似乎被他们灼热的目光划伤，有难耐的痛感从背后传遍了她的全身。她强忍着因由寒冷与酒精而来的颤抖，从容地走过去。

薛天佑过来了，他尾随她，来到了另一个房间中。他跟着她来到了这个古堡中最迷幻、最堕落的那个房间，里面站满了喝高了的、渴望剧烈音乐的人。一扇厚重的木门之隔，仿佛是两个世界，一个是人间，一个是地狱。

在这个地狱中，这位王子鼓起了勇气，他不再是个偷偷摸摸的尾随者。他一把拉住了悠安冰冷的左手。他的体温，即使在这迷幻阴暗的狂野派对的音乐中也能让人清晰地辨认。

“悠安，是你吗？告诉我，是你吗？”他们隔着两张面具和巨大的噪音，他只好凑近她的耳边。她那涂过蓝风铃香水的动脉处，他的鼻息轻轻掠过。杀死一个人多么容易，只要在最致命的时刻找到那一个最致命的弱点。

她学会了在这个时候，必须沉默不语。她在暗处看着他的双眼，不理会他的疑问。她那样深深地看着他，电流在空气中越发激烈，她相信那是一种从跳动的心脏出来的力量，她相信，他们都感觉到了，强烈地感觉到了。她就那样安静地凝望着他，任凭深重的焦虑在他心中展开。他们面对面靠着，仔细地保持着若即若离的距离，在地狱的缭乱音乐中，轻轻地靠着对方。

“一定是你……我感觉到了……”他的声音在她耳边喃喃响起。

再过一刻钟，这个城堡所有的灯光即将全部熄灭。等到灯再度亮起来的时候，所有人将会摘下面具，来完成这个夜晚的愚弄。不知道在熄灯的那几十秒中的黑暗里，这里会发生多少龌龊的事，又会实现多少未曾说出的爱恋。天使和魔鬼都在此处，他们在以人性打赌，那个短暂时刻埋葬的秘密是个赌注。那个时刻到来之前，没有人知道谁先失望。人们一边喝酒一边等待着那个时刻。

厚重的木门再次被推开，悠安离开了那个吵闹的房间，他们来到了充满着古典音乐的后厅。他们从地狱回到了人间。薛天佑不依不饶，像个忠仆。

她慢慢地往前走，在觥筹交错之间穿过琳琅灯光。最后的一个房间里，挂满了城堡历代主人的肖像画，灯光依旧昏暗无比，猩红色的调子与这夜晚的大提琴极为相称。从这个房间看出去，是一片大露台，洁白的露台迎着月光，远处的湖面像是被某种忧伤封印了，像一块白玉一样静止着，为这一群喧嚣的有罪的年轻人而默然。

“真的是你吗？你在我面前，我竟然不敢确定是你……有那么多的证据让我知道这也许就是你。我想你，想了几百天，你在我面前，我却不敢百分百确认……”他对她说。

悠安转过身。她转过身，亲吻了他。深深地，把自己交出去。

就在这一个瞬间，音乐忽然间停止了，这突如其来的安静，让人群受到了惊吓。一首无比柔情的 les gens qui doutent（《疑心的人》）在两秒之后响起。

它的意思是：怀疑的人。午夜12点要到了，怀疑的人，都摘下面具吧。

然而悠安没有理会周遭的喝彩与尖叫声，她继续亲吻着他，他也同样热烈地吻她。他是香的，那么温暖，让人感动得热泪盈眶。他们心中有像海啸一般的潮水，恨不得要全然拥有对方。

“悠安，悠安……”他叫她的名字。

灯光啪的一声熄灭了。尖叫声再次在古堡的各处响起。徒留窗外月光苍茫。他把悠安的面具解下，面具滑落，她已经泪流满面。

“天佑，从我第一次见到你的时候，就喜欢你了。可是我一直不敢去承认，不敢向别人承认，也不敢向自己承认。我骗了自己很久，一直暗示自己说这只是一种朋友之间的事情。嫉妒是朋友之间的嫉妒，想念是朋友之间的想念，恨也是朋友之间的恨。我是个胆小鬼，怕一旦说出来，一切就会支离破碎。但是今晚，我想明白了，我不害怕了，我不怕承认也不怕失去。我爱你，天佑。你看，这里已经物是人非了，我却依然忘不了你……我好想你。”

人群开始倒数，最后的二十秒，法语的数字像是谜语一样在许多个声音中喊出来。音乐完了。只剩下空虚的倒数声。

“悠安。对不起，从开始到现在，我都很没出息……我被动地接受别人的爱慕，从不敢做自己的选择。”他也把面具摘下了，低着头，在悠安耳边慢慢地说。他的脸贴着她的脸。

“其实最没出息的人，是我。我甚至不敢面对自己……即使深爱一个人，也懦弱得拱手相让……”她故作镇定地说。还是没有学会茉莉的淡定与从容，还是那么容易眼泪汪汪，妆容或许都已花掉，又变回了那个轻易暴露自己的脆弱的人。还没有开始战斗就已经输掉。她终究逃离不了自己的那一根软肋。

但是他说：“不是……我觉得，很幸福。好久没有过这种感觉了，别离开……”

他抱紧她，不松开。他捧着她的脸，亲吻她的眼泪。他的眼睛红了。他们就这样，在昏暗的光中，她看着他，他看着她，像傻瓜一样。他们好像又变成了小孩子，没有了距离、人言、俗事，轻飘飘地等待着灯光的亮起。

新的一天伴随着欢呼和喝彩声到来，这个夜晚的午夜，这巴黎乡郊的古堡中，充满着香槟和葡萄酒的香味，这一年毕业的人在金光闪闪和雾气萦绕中释放着自己，好像对未来没有丝毫的忧虑和畏惧，全然是年轻的模样。

（全文完）